KEIKENZUMINAKIMITOKEIKENZERO

位於戀愛光譜

NAOREGAOTSUKIAISURUHANASHI

極端的我們

1

Kadokawa Fantastic Novels

characters

加島龍斗

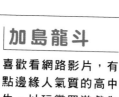

喜歡看網路影片，有點邊緣人氣質的高中生。以玩懲罰遊戲為契機帶著必敗的決心向愛慕的女生告白。

白河月愛

公認屬於校園階級金字塔中最上層的美少女。因為有過很多段戀情，使得許多男生談論著她的傳聞，引發那些人的妄想。

黑瀨海愛

本作中期登場的轉學生。雖然是大家都喜愛的黑髮美少女，但似乎與龍斗有段過去……而且與月愛也不是毫無關係？

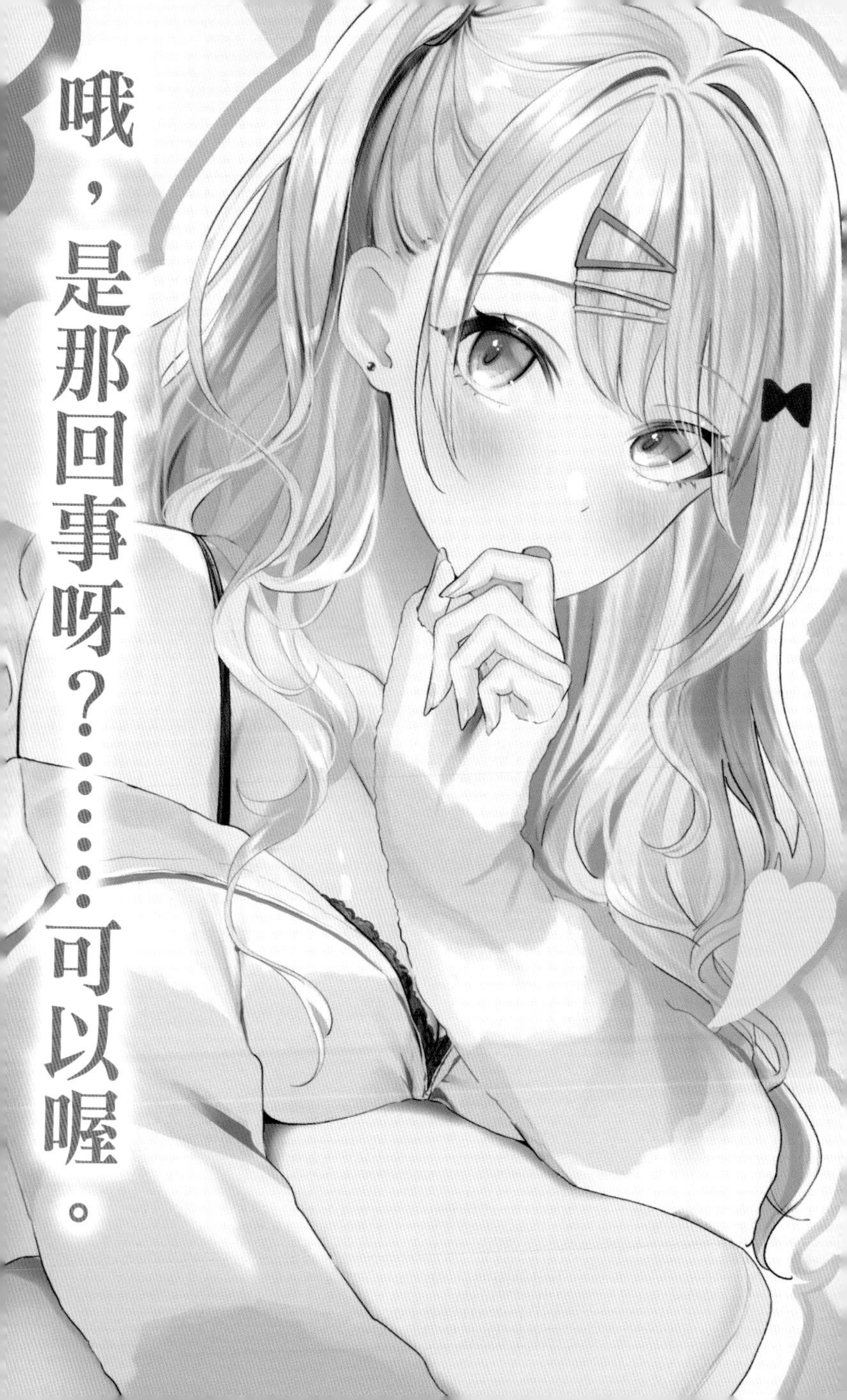
哦，是那回事呀？……可以喔。

有機可趁……！

位於戀愛光譜極端的我們

KEIKENZUMINAKIMITOKEIKENZERO
NAOREGAOTSUKIAISURUHANASHI

1

長岡マキ子

插畫／magako

Kadokawa Fantastic Novels

CONTENTS

序章

白河月愛是全年級首屈一指的美少女。

白河同學從一年級時就已相當出名，連我這種邊緣人也耳聞過「全年級第一美少女」的名號，很早就得知這號人物。

之所以稱其為「全年級第一」，只是因為誰也無法掌握全校女學生的容貌，為了方便起見而如此稱呼。我認為她有很高的機率是「全校第一的美少女」。

除此之外，白河同學還有個讓男人心癢癢的傳聞。那就是「她是個喜歡做愛的蕩婦，因為無法滿足於單一對象而頻繁換男友」。據說她每段感情最多只持續兩三個月，交往對象遍及學長與同學，類型則是豪放活潑的人與文靜細膩的人都有。

抱持「既然如此，或許我也有機會」這種想法而躍躍欲試的人可說絡繹不絕。那些男生也不管自己長相如何，一聽到白河同學恢復單身的傳聞就會像鬣狗般蜂擁而上。這樣的景象讓我感到十分可笑。

沒錯，我很清楚自己有多少能耐，自認再怎麼樣都無法和白河同學交往。只要能偶爾從遠處觀賞她養養眼就夠了。

白河同學對我而言是有如太陽般的存在。

她眩目耀眼而無法直視。一旦靠得太近，像我這樣的邊緣人一定會在慘叫聲中瞬間化為焦炭。

太陽越是璀璨明亮，照出的影子就越濃密晦暗。白河同學越是耀眼美麗，就越讓我有邊緣人的自覺，使我一點也無法提起與她攀談的念頭。

邊緣人就該像個邊緣人。對白河同學的憧憬只能深藏於心中。

若想過著平靜的校園生活，這就是最正確的做法。

第一章

升上高中二年級時，我的第一個想法是「能和白河同學同班真是太幸運了」。

白河同學超可愛。她的美貌和活躍於電視上的十幾歲女明星們相比也毫不遜色，我甚至認為她更漂亮。

令人印象深刻的大眼睛，長睫毛。小巧的鼻子，高挺的鼻梁。揚起嘴角的可愛唇瓣。她的五官完美均衡地配置在那張嬌小的臉蛋上。

她的身材也十分出眾，遠遠看去就像是一位模特兒。話雖如此，她不像真正的模特兒瘦得宛如紙片人。短裙底下的大腿充滿恰到好處的肉感，平時開到第二顆鈕釦的襯衫領口處隱約可窺見豐滿的胸部。實在太棒了。雖然辣妹風格的打扮並非我的菜，但如果只討論她，那頭微捲的金棕色長髮不可思議地襯托出她的性感。

若是能和白河同學交往有多好。

若是能和白河同學約會有多好。

整間學校裡懷抱這種妄想的男生應該不計其數吧。

有些慶幸自己和她同班的男生很快地就開始在白河同學身邊徘徊，期待能將那個夢想化為現實。

然而，我則是發動了全集中邊緣人呼吸。反正她不可能理我，我才不會做出那種難看的舉動。

就算身處同一個空間，白河同學和我們之間仍存在著比壓克力板還厚的透明阻礙。那是天然的社交距離。

我們兩人永遠不可能縮短這段距離。

我一邊這麼想著，一邊遠眺她的美麗容貌。

那一刻卻突然地到來。

那是和白河同學分到同一班之後沒幾天的事。在回家前的班會，白河同學上前向老師繳交文件。我記得那是家長座談會的通知書回函。當老師宣布繳交回函後，昨天忘記提交的學生們紛紛離座上前。

我的名字是「加島龍斗」，因此按照座號分配的座位剛好位於最前排靠近講桌的位置。

正當我不經意地瞥見一手拿著通知書，從教室後方座位走到面前的白河同學時，事情就這麼發生了。

「白河同學，妳沒簽名喔。」

從白河同學手上接過通知書的老師說了這麼一句，隨手將通知書退回給她。

「啊，真的耶。」

白河同學看了看她拿回的通知書，立刻轉過身來，短裙隨之飛舞。

接著……她朝因為事發太過突然而來不及撇開眼神的我開口：

「欸，可以借我一支自動筆嗎？」

我差點以為自己的心臟要從嘴巴跳出來了。

「啊？好啊……」

我只能勉強如此回答，並從筆袋裡拿出自動筆遞給她。雖然我發出的聲音很奇怪，但至少已經盡力控制自己，沒有讓手發抖。

白河同學很快地收下了筆，朝我彎下腰。

「……！」

她竟然就靠著我的桌子在通知書上簽起名來。

我緊張地心臟噗通噗通跳、渾身流滿大汗，同時也因獲得近距離觀看白河同學的機會而

雀躍不已。

眼前白河同學那低垂的濃長睫毛看起來十分耀眼。縱然我還想一窺胸口處的深谷，但因為角度上被襯衫遮住而無緣一睹，讓人心癢難耐。

不過話說回來，她真的是個陽光妹。太陽光了。若是我遇到這種情況，就算自己的座位遠在後方一百公尺處，也會特地回座簽名。然而她卻重視效率，面對從未交談過……可能連名字都不曉得的異性同學，也能隨口借筆……無論我投胎轉世多少次，恐怕也無法理解那種心理吧。

只要觀察白河同學，大概就會看到這種情況。明明她自己是身邊圍繞著許多俊男美女朋友的天選之民，但只要有機會，她也會毫無芥蒂地向屬於角落集團的學生搭話。在一年級時，我曾好幾次從遠處看過這樣的場面。

正因為她是貨真價實的陽光妹，才能做到這種事吧？或許是因為她擁有絕對的人氣，可以不必像那些看人臉色的傢伙因在意周遭的眼光而避開邊緣人。

就在我為了這場冷不防的近距離接觸慌張不已，腦中以跑馬燈般的速度思考著這些事的時候，簽完名的白河同學抬頭望向我。

「謝謝！」

璀璨美麗的笑容。殘留在她遞回自動筆上的餘溫。

宛如一記猛烈的上鉤拳。

以時間來看，這不過是發生在幾十秒之間的事。

卻是足以讓我喜歡上白河同學的事件。

想像一下彷彿從明星海報蹦出來的美少女在自己眼前展露微笑，說出「謝謝！」這句話的景象吧。然後還要加上身為度過十六年沒有女朋友的人生，卻又對異性充滿興趣的邊緣人男生這個條件。

任何人都肯定會拜倒在她的石榴裙下吧？

因此，我喜歡上了白河同學。過去她只是一位憧憬的對象，如今我卻變得更在意她。當然，就算如此我仍不會興起「想要和她交往」的念頭。雖然正處於妄想力充沛的年紀，但我的臉皮並沒有厚到那種程度。

或許在同班的這一年裡，能碰到她再次向我借東西之類的接近機會……我只是暗自期待遇上這種小小的幸運，低調地過著校園生活。

日子一天天過去，我和白河同學從那次之後就沒什麼接觸的機會。但就在學期即將過去一半時，事情發生了。

◇

某天的午休時間。

我和兩位朋友一同在教室的角落吃午餐。

我還是有幾位朋友，雖然都是男生。而且若是被問到除了這兩人以外還有哪些朋友，會令我有種辛酸的感覺。

「唔喔～超累的。一整個睡眠不足啊。」

在我面前邊這麼說，邊打著呵欠吞下便當配菜的是同班的伊地知祐輔，綽號「阿伊」。

他是我從一年級到現在的同班同學，有共通的興趣因而變成好朋友。由於他過著一天到晚打電玩的不健康生活，身材微胖，再加上高大的身材，在外觀上具有相當大的存在感。即使身材高大……但很遺憾，他是個悲慘到不行的邊緣人。雖然我沒什麼資格說這種話就是了。順帶一提，他長得很像以前的橫綱力士朝●龍。

「昨晚KEN在半夜開直播，我就看下去了。之後一路玩遊戲到清晨。」

聽到阿伊這句話，在我身邊吃便當的男生抬起了頭。

「我也是因為KEN的關係睡不夠耶。KEN清晨時在推特上揪人的通知把我叫醒。本來以為有機會能跟他同村，結果人滿了被踢出來。然後因為不甘心就在其他房間一直玩到來學校。」

說出這句話的是隔壁班的仁志名蓮，綽號「阿仁」。我和他去年也是不同班的，但聽阿伊說他似乎和我們有共同興趣而找上了他。現在我們三個會在一起吃午餐。

若只看阿仁的外貌，他也不是不能加入那群現充的圈子。他既有又小又圓的可愛眼睛，臉蛋也稚嫩地有如國中生。身材也十分瘦小，和阿伊形成強烈對比。而我則是位於兩人的中間值，身材中等長相也很路人。

「你們兩個好強啊。我光是看KEN的影片就已經時間不夠用了。」

我一邊由衷地佩服道，一邊蓋上吃完的便當盒蓋子。

我們的共同興趣是遊戲……正確來說，我們三人的共通點是「KEN」這位知名遊戲實況YouTuber的粉絲。

KEN是一位固定每天上傳多種遊戲實況影片的前職業玩家，其高強的遊戲技巧與風趣的談吐為他帶來了很高的人氣。他的YouTube頻道訂閱人數已經超過了百萬人，至今仍在持續增加。

ＫＥＮ的死忠粉絲被稱為「ＫＥＮ粉」，在ＫＥＮ粉之中遊戲實力特別強的人會收到ＫＥＮ的直接聯絡，還能和他一起拍遊戲影片。阿伊和阿仁私底下都以此為目標，每天都在鍛鍊自己的遊戲技術。

而我只是一天看四五個ＫＥＮ的上傳影片，徹頭徹尾的消費型粉絲。即使如此，當我在影片底下留了言以後，兩三個小時一下就過去了。這是個很殺時間的興趣。雖然假日時會和阿伊他們一邊在線上聊天一邊玩遊戲，但我也不可能像ＫＥＮ那麼厲害，所以還是看實況影片比較愉快。

不過當這種消費型粉絲也有好處。那就是不必強逼自己花時間在興趣上，照著自己的步調過生活就行了。

「話說回來，期中考成績差不多要公布了吧。」

阿仁的自言自語讓阿伊的表情瞬間緊繃。

「別提啦～！這次真的很慘耶。而且ＫＥＮ竟然在考試期間招募粉絲參加活動，實在太殘忍了。」

「就是說啊，我很努力申請，結果也沒入選。」

阿仁一臉哀淒地回答，嘆了口氣。

「阿加呢？你考還好嗎？」

突然被這麼問到的我「咦？」地一聲望向兩人。沒錯，他們兩人稱我為「阿加」。

「喔……我也沒什麼信心啦。畢竟是換老師之後的第一次考試，出題方向和以前不同。」

我們三人的成績都不算太差。所有人大概都能進入全年級的前三分之一吧。這間高中原本就是我的第二志願，這樣的成績對我來說算是不好也不壞。

「真假？真的嗎？別背叛我們喔。」

「唔、嗯……別擔心啦，阿伊。」

然而他們倆在這次考試期間的狀況似乎真的很不妙。雖然是別人的事，但我不免替他們擔心。

「我這邊很危險啊。爸媽他們罵了我一頓，說如果成績變差就不准玩遊戲……！」

「我也很不妙啊……被威脅要是考試分數很爛，就會退掉我的手機門號耶。」

心有戚戚焉的阿仁握住了阿伊的手。

「你也是嗎！我們是好麻吉吧！」

「當然啦，所以就讓我們之中成績最好的傢伙聽成績最差的人任何命令吧。」

「為什麼會冒出這種提議啊！」

我姑且還是吐嘈了一下阿仁的話。

定。

此時的我沒有想太多，也礙於現場的氣氛無法強硬拒絕，便隨口接受了這個亂來的約

◇

一週後，每一科的考卷都發回來的那一天的午休。

「沒救了……完蛋了……」

阿伊的手上抓著以紅字寫上「十八分」的英文考卷。

從那個分數來看，我們三人中阿伊的考試總分理所當然是最差的。阿仁的分數雖然不像阿伊那麼糟糕，但也是失去正常水準而大慘敗。結果是由狀況大致如往常一般的我拿下最好的成績。

「振作一點吧，阿伊……只要對你媽保證期末考時能救回分數，她應該就會允許你玩遊戲啦。對吧，阿仁？」

「…………」

雖然我試著尋求阿仁的贊同，他卻也是一副臉色蒼白、精神恍惚的模樣。看起來他們兩人平時就經常被父母罵。

「你們倆都振作一點啦……」

正當我打算安慰他們時，阿伊冷不防地一把抓住我的手臂。

「……喂，你還記得那個約定嗎？」

他的眼神就像殭屍一樣空洞又可怕。

「咦……」

「就是成績最好的人必須聽成績最差的人任何命令。」

「唔、嗯，還算記得啦……」

「那我要下令了。阿加，去向你喜歡的女孩子告白吧。」

「啊？」

這個莫名其妙的命令讓我不禁大喊一聲，接著又被班上同學們瞬間投射過來的視線嚇得直發抖。

「為、為什麼啊？為什麼要出這種命令？應該有其他更有好處的事吧，像請吃飯或幫跑腿一天之類的……」

「囉嗦啦！我已經摔進人生谷底了！要拉你一起下水才會甘心！所以我要逼同樣是邊緣人的你去告白，然後被狠狠地拒絕！和我一起嚐嚐身處人生底層的滋味吧——！」

「未免太殘忍了吧！」

白河同學對我而言，正是一間無論如何都無法考上的理想學校。感覺自己就像為了留下報考的回憶而做出嘗試。若沒有這樣的機會，我這一生都不會對她告白吧。

我一邊如此說服自己，一邊努力鼓起勇氣。

……嗯，沒錯。試試看吧。

我在上課時以顫抖的手於筆記紙上寫下了文字。

於是，就在這天的放學後，我馬上展開了告白行動。

一來是因為我怕拖延太久會喪失衝勁，再說反正都得面對淒慘下場，不如早死早痛快。不過是告白被拒絕嘛，又不是世界末日。回家看看KEN新上傳的影片撫慰心靈吧。

放學後，我對自己這樣說著，並且將上課時寫的紙條放進白河同學的鞋櫃裡。

> 我有話想對您說。請您看過這封信後來學校後面的教師停車場。
>
> 二年A班　加島龍斗

之所以特地寫上名字，是因為我認為她會覺得匿名信很噁心不願前來。而連班級都寫上，則是因為她可能心想「這傢伙是誰啊？沒聽過，不去了」。所以才會以這樣的內容，讓她認為「雖然不知道這個人是誰，但好像是同班同學，他或許有什麼事找我吧」，提高她赴約的機率。

「咦，阿加喜歡的女生竟然是白河同學喔？」

「你會不會太高攀啦！腦袋有問題嗎？」

在我背後的阿加和阿仁看到鞋櫃上的名字，紛紛大吃一驚。

那兩人的反應讓我再次體認到自己做出非常不得了的事，兩腿不停地打顫。

可以的話，我希望立刻拿走紙條逃回家……想是這樣想，但我也不希望讓朋友認為自己是不守約定的男人。

冷靜啊，我！快冷靜下來！

總之現在先完成「告白」這個任務，只要想著這件事就好了。

我邊深呼吸邊說服著自己，走向目標地點。

就我所知，學校後方的教師停車場是整間學校裡最不會有人來的地方。在剛放學社團活動最多的這個時間點，也不會有準備回家的老師出現。就在並排停放十幾臺轎車的那塊空地上，我獨自靜靜地等待著白河同學。

阿伊和阿仁應該正躲在某臺車後面，從不遠處觀望著我吧。

過了一段時間，白河同學仍然沒來。身為現充的她放學後總是在教室裡與朋友聊天，從來沒有比我早離開教室，所以我也猜不到她需要多久時間才會發現鞋櫃裡的紙條。

我等了……大概二十到三十分鐘左右。

當她的身影終於從校舍的陰影中出現時，我不禁鬆了口氣。結果因為放心過頭，在其他想法浮現之前，我先感覺自己的力氣彷彿吐光了。

由於我已經做好她不會赴約的心理準備，所以明明還沒告白，就已經先感受到某種成就感之類的情緒。

白河同學朝四周看了一下，確認沒有其他人後走向了我。

「這是你的吧？」

她將一張白紙舉到自己的臉旁，是我放的紙條。

「是……是的。」

我以顫抖的聲音回答，讓白河同學輕笑一聲。

「呵呵。」

她在取笑我……！

想到這裡，我的臉就因羞恥而發燙。

「為什麼那麼恭敬？我們不是同班嗎？放輕鬆就好啦。」

她的語氣中感受不到嘲弄的意思。看起來並不是我的聲音發抖，純粹是我畢恭畢敬的態度令她感到好笑。

就在我稍微鬆口氣的同時，又因為發現她果然不認識我這個人而傷心。就算已經做好心理準備，挑戰必定失敗的目標仍是一件讓人很難受的事。

「說……說得也是呢。」

總之，我就照白河同學所說的以輕鬆的語氣回答她。

白河同學走到我面前兩公尺處後停下腳步。

「怎麼了嗎？有事找我？」

那是一道直爽開朗的聲音。是讓人絲毫不認為她會有「被邊緣人叫出來好噁心喔～」這種想法，聽起來是個心地善良之人的聲音。

啊，白河同學……

雖說我太過緊張沒辦法仔細看清楚她的樣子，不過她今天的長相一定也是非常甜美可愛吧。

我其實一直很……

說出口吧，我非說不可。若一直低頭閉著嘴巴，就算白河同學個性再好也會嫌棄我。

想到這裡，豁出去的我猛然抬頭。

「……！」

我的心臟瞬間被筆直注視我的白河同學的絕世美少女美貌所發出的光芒射穿，雖然張著嘴，聲音卻卡在喉嚨發出不來。

「我……我我我！」

怎麼會這樣，竟然在告白時吃螺絲了！

但既然已經走到這步，我只能說下去。

「我、我喜翻妳！」

搞砸了。

我真的是有夠邊緣人。

這樣子真是太噁心了……

因為太過嫌惡這樣的自己，我甚至想鑽進水泥地逃離現場。

「咦，稀飯泥？」

白河同學蹙起了眉，直直地注視著我。接著她又將視線落到手中的紙條上，露出更疑惑的表情。

我不禁再次體認到她真的是一位美女。雖然從那副辣妹打扮看來，她應該化了妝。不過像眼窩處的陰影與鼻子到下顎之間的線條這類無法以化妝美化的造型美仍使我傾心不已。

由於告白大失敗，我心中生出「反正不會再丟更多臉了」的念頭。這種莫名其妙的餘裕令我在被拒絕的前一刻從容不迫地觀察起她來。

「欸，稀飯泥是什麼呀？」

白河同學依然擺著一張認真的表情。

「咦？」

對呀，稀飯泥是什麼啦……我想了一下，突然恍然大悟。都是我的告白太過亂七八糟，害她聽錯了。

「不是啦，那個……我喜歡妳……」

雖說有些結巴，我這次還是好好說出口了。或許是因為已經失敗一次，我不怕再失去什麼了。

隨後，白河同學睜大了眼。

「……哦～是這回事啊？」

過了一會兒，白河同學這才露出了然的表情，從我身上移開了視線。

她看起來似乎有點傷腦筋的樣子。大概是她對我完全一無所知，正在煩惱該用什麼話拒絕吧。

「……為什麼？」

所以白河同學的那個問題應該是顧慮到我的面子，在拒絕前先用其他話題當做緩衝吧。

「咦……」

「你為什麼喜歡我呢？」

沒想到會被問到這個問題的我立刻在心中反問自己。

為什麼？為什麼會喜歡妳？

這個原因……不是顯而易見嗎？

「……因為……妳很可愛。」

我害怕被聽出語氣中的顫抖，便以小得幾乎聽不見的聲音回答。

不過嘛……

反正無論我做出幾次失敗的舉動，也只會被拒絕一次而已。只要這麼想，我就感到輕鬆了些。

「…………」

白河同學眨著眼睛望向我，臉頰浮現一抹淺淺的緋紅，羞澀地垂下了眼。

「嗯……」

她彷彿要掩飾害羞般低吟了一聲。當她再次望向我時，說出了一句不得了的話：

「那我們就交往吧？反正人家現在也是單身。」

剛開始時，我根本聽不懂她在說什麼。

那我們就交往吧？反正人家現在也是單身。

膠網？交往？

白河同學要和誰交往？

難道……是我？

「咦！」

我的兩腿差點軟掉。

隨後我立刻猜想她在捉弄我，若是這樣就太惡劣了。

「喂，吃驚什麼啊？告白的不是你嗎～！」

看到我這副模樣，白河同學不禁啞然失笑。難道她是認真的？或者，她只是覺得我的反應很滑稽？

我完全猜不透她的想法。

「……那麼，你打算怎麼做呢？」

收起笑意的白河同學向我走了一步，問道。

「要和我交往嗎？」

她抬眼的模樣超級可愛，害我的心臟差點停止跳動。

事情怎麼會變成這樣？我完全沒料到會出現這種發展。

雖然不知道是怎麼回事，但誇張的好運已然降臨到我的身上。

身為興趣只有看遊戲實況影片，半項優點也沒有的邊緣人，我沒有輕易放棄這種幸運的勇氣。

也許對方是在開我玩笑。這也有可能是一場夢，既然如此，我的答案就只有一個。

「……要……」

當我以紅通通的臉點了頭後，白河同學露出滿意的微笑。

「很好～！」

她的笑容好可愛。不對，是笑容也很可愛。這應該不是虛擬實境吧？白河同學竟然在這麼近的距離為我展露微笑。

如果這是夢境，真希望永遠不會醒來。

「那就一起回家吧！反正我已經跟朋友說我有事先離開了。」

於是，我和白河同學一起走向後門。

經過停車場時，蹲在車子後方的阿伊與阿仁那兩張面如死灰的震驚表情出現在我的視野角落。

總之，看起來這應該不是那兩個傢伙的整人計畫吧。

◇

怎麼回事……怎麼回事！

這不是夢吧？

我真的和白河同學並肩走在路上……沒錯吧？

這是什麼狀況？

我們真的在交往喔？

心臟不停怦怦跳的我只是不發一語地踏著腳步。

白河同學一邊走，一邊盯著我放到鞋櫃的紙條看。

「……你的名字該怎麼唸？夾島？」

「加……加島，龍斗。」

「哦，龍斗！好帥氣的名字呢！」

白河同學雙眼閃閃發光，燦爛一笑。突然目擊那張笑臉，又被她稱讚「帥氣」，讓我從剛才就已經高居不下的心跳速度又快了幾拍。

冷靜下來，冷靜下來。

要是開心過了頭，就沒辦法好好對話了。

反正我很快就會被甩掉。過幾分鐘後她將會取笑我「開玩笑的啦，你以為我真的會和你交往嗎？」。一定是這樣。

我對自己這麼說，勉強恢復了冷靜。

「吶～龍斗。」

白河同學則是天真無邪地對這樣的我搭話。

「我們有聊過天嗎？」

「咦？呃……這個……」

有一瞬間，我打算說出借筆的事。然而那件事實在太微不足道，如果把它當成一次「聊天」，對方可能會覺得我很噁心。

「……不，沒有特別聊過……」

「唔～這樣啊～」

我則是想問一個讓我在意得不得了的問題。

「白河同學，那個，為什麼……妳願意和我交往呢……？」

由於我不斷說服自己要冷靜，反而變得無法相信目前的狀況。雖然她讓我心中小鹿亂撞，但其實整件事很有可能只是她願意「今天陪我放學」（註：在日語中，陪伴與交往的用詞相同）不對，應該說這個可能性還比較高呢。

之所以這麼想，是因為我對「告白」有過心理創傷。

國中一年級時，我的隔壁坐了一位超可愛的女孩子。她常常帶著笑臉和我聊天，也與我有許多肢體接觸。每當我拿作業給她抄的時候，她還會紅著臉小聲說「你好溫柔……我好像會喜歡你喔」。身為邊緣人的我當然就高興得飛上天，堅信這不是自己會錯意，她確實對我有意思。於是鼓起一生一次的勇氣向她告白。

結果卻是撞得粉身碎骨，「我只是把加島同學當成好朋友……」，她那種小聲說著這句話的表情，至今仍烙印在我的視網膜上。

這個苦澀的經驗讓我得到一個教訓。那就是千萬不能相信女孩子……特別是既可愛又受歡迎的女孩子所說的話。

歸根究柢，那種人之所以受歡迎，就是因為她們讓別人產生「或許我也有機會」的想法。也就是說，因為我將她那容易讓人會錯意的態度當真，以為唯有自己是特別的，結果卻招來慘痛的下場。

就算不必經過一番苦思，也能知道那種極受歡迎的可愛女生根本沒道理喜歡上我這樣的量產型邊緣人。就是因為我是如此認定，才會向白河同學告白。正因為我相信自己百分之百會被拒絕，才會絲毫沒考慮到告白被接受的可能性。

所以……我感覺自己就像被整了，無法輕易接受這個狀況。

「咦……？」

白河同學則是一臉疑惑地望著提出這個問題的我。

「你是想問為什麼人家會願意和龍斗交往嗎？」

「……因為我覺得白河同學應該對我沒意思，也不認識我這個人吧……」

畢竟就算我們同班，她卻連我的名字都不知道怎麼唸。

此時白河同學給了一個出乎意料的答案。

「既然如此，人家從現在開始認識你、喜歡上你，不就好了嗎？」

「咦？」

仔細一看，白河同學正微歪著頭，抬眼注視我。

「畢竟龍斗也不認識人家吧？」

聽到這個連想都沒想過的回應，我愣住了。

「我們沒有聊過天吧？你是因為外表而喜歡人家吧？」

「…………」

無法反駁。我剛才已經回答過了。當白河同學詢問我喜歡她的理由時，我回答「因為她很可愛」。

我喜歡的她的外表。一點也沒錯。

可是我從一年級時就經常遙望著白河同學，一直憧憬著她，認為她「很可愛」。所以我以為自己一定更喜歡白河同學。然而她說得對，我對白河同學一無所知。

「而且，人家有一點喜歡上龍斗喔。」

「……咦？」

這句出乎意料的話帶來一陣震撼，我望向白河同學，然後被那個揚起視線的可愛姿勢擊倒，雙重衝擊讓大腦快爆炸了。

白河同學比我矮很多，只要她站在我身邊時自然就會以這種方式看著我。從有如模特兒般的體型能看出小巧的臉以及勻稱的比例，但身高並不高。

還有，從剛才開始就一直聞到不知是花香還是果香之類的香氣。應該是白河同學身上的味道吧，她有噴香水嗎？

話說現在不是思考那種事的時候啦。

白河同學有點喜歡我？

不對，那是不可能的吧！

畢竟她根本不認識我啊！

彷彿聽到我的內心話，白河同學開口：

「龍斗你剛才說『喜歡人家』吧？」

「……嗯。」

「這就是原因啦。」

「……咦？」

「咦？『咦』什麼？」

「不是啦，呃……就、就只因為這樣……？」

我不敢置信地小聲說道，白河同學隨即像想到什麼似的露出生氣的樣子。

「啊～！你覺得人家是誰都會愛上的玩咖吧？人家也有自己的標準喔。如果是指甲太長或不會擦掉鼻子底下汗水的男生，人家死也不會和那種人交往！」

這個標準會不會太特定了？話說她無法接受的對象就只有這樣？

我對白河同學如同傳聞般寬到不行的好球帶感到驚愕，她則是以仍然有些忿忿不平的不滿表情盯著我。

「不過龍斗你不是那樣的人。所以我很開心喔。」

白河同學所說的話確實不是沒有道理。如果根本不認識的女生對我表示「喜歡你」，向我告白……除非那個女生完全不是我的菜，否則我可能會瞬間就喜歡上她了吧。

然而，那是因為我是個從未被人告白，一點桃花運也沒有的男生。

「……但是，感覺白河同學已經很習慣聽到別人表示喜歡妳了……」

「咦～？」

你在胡說什麼啊——白河同學抬起雙眼望向我，彷彿在如此吐嘈。

「有誰會因為聽過太多次別人說『喜歡』，就不會對此感到開心嗎？」

這麼說也沒錯啦……

「那種開心……會讓妳開心到說出『我們交往吧』？」

我仍在懷疑，因為我不想害自己受傷。

一旦想像著明天遭遇她說出「我還是不怎麼喜歡你，交往的事就算了吧」這句話的未來，就令我難過地無法承受。

因為如果我們真的開始「交往」，我肯定會一天比一天更喜歡白河同學。

因為令人難以置信地……這似乎不是一場玩笑。

「我的意思是……以白河同學對我的『喜歡』，就算只是當朋友也行吧……會不會有點……薄弱……？」

說出口了。難得有這樣的超級美少女願意和我交往，我卻說出會惹她生氣的話！

我真是個笨蛋。

真是個不知自己斤兩的大傻瓜！

之後，白河同學沉默了一段時間。當我擔心自己惹惱了她時，白河同學望向我。

「……所以呢？這有什麼不好嗎？」

她毫不在意我的質問。

「就算感情基礎還很薄弱，但只要覺得對象不錯，不就會讓人想更進一步認識對方嗎？既然如此，那就能試著交往一下啊。即使剛開始雙方的『喜歡』很薄弱，在交往的過程中，終究會變成真正的『喜歡』吧？」

白河同學揚起線條優美的嘴角對我一笑，說出了這樣的話。

「……雖然人家到現在的每次交往都沒有進展到『真正的喜歡』啦。」

見她露出有點自嘲的微笑，我戰戰兢兢地提問：

「……為什麼……？」

她只會和每任男朋友交往最多兩三個月的傳聞可能是真的。面對不禁懷疑箇中原因的我，白河同學「啊」一聲睜大了眼。

「你以為是人家膩了甩掉他們吧？正好相反！人家在交往期間很專情的！就算有其他男生告白也會立刻拒絕。」

「是、是這樣啊。」

我順著她的口氣唯唯稱是，然而我對美少女的不信任可是根深蒂固。

「……但根據白河同學剛才的說法。就算有男朋友，聽到別人說喜歡妳時，妳不會因此感到開心，稍微喜歡上對方嗎？」

「啊？你胡說什麼？」

白河同學重重地皺起眉頭。

「…………」

身為邊緣人的我敗給了一臉不悅的辣妹所散發出的氣勢，只能乖乖閉上嘴。

「又不是人家喜歡的對象，被那種人告白只會感覺很煩吧？超噁的。」

「…………」

這跟她剛才的說法不一樣耶……

先不管這點，看起來至少她開始交往後很專情的說法算是可信。

當我們聊到這裡時，白河同學突然停下腳步。

「你家在哪個方向？」

這麼一提，我們已經走到車站前了。距離學校最近的車站雖然不是大型轉運站，但目前我們走的這條通往驗票口的路在回家尖峰時刻之前的這個時段人潮仍絡繹不絕。

由於我們的高中是在東京都裡的私立學校，大部分學生都是坐電車通學。這個O站分成JR和地下鐵兩個入口，所以白河同學才會在此時問出這樣的問題吧。

「呃，是……K站。」

「哦～人家是A站。」

「這、這樣啊……很近呢。」

離我家最近的K站從這裡得坐三站，而A站則是前一站的第二站。

「話說那不就是搭同一輛車嗎？走吧走吧！」

「唔，好……」

於是我被白河同學的節奏帶著走，兩人走進了JR車站。

由於白河同學回家只需坐兩站，我們上電車後沒多久就來到她的下車地點。這場令人難以置信的狀況也將在此暫時告一段落。

直到剛才我還因為心跳過快差點以為身體撐不住了，現在卻因為依依不捨的心情而有種奇妙的感受。

「快到了呢。那就再見嘍……」

當我見到A站越來越近，準備送走白河同學之際，她卻望著我驚訝地發出「咦？」地一聲。

「你不送人家回家嗎？」

「咦？」

雖然一起離開學校，但我沒有「送回家」的想法。

不過確實如此，將她送到家門口才有男友的樣子。

「那、那就走吧……」

這個令人難以置信的情況就這麼延續了下去。

反正用學生月票時，半途下車不會收取額外車資。所以我也跟著在A站下車，準備將白河同學送回家。

A站是一座大型轉運站，站前有著繁忙的鬧區。穿過那裡後再走十五分鐘就能抵達白河同學的家。

老實說，我已經記不太清楚這段期間和她聊了什麼。因為走在與平時放學不同的路徑上，我突然真切地感受到「與白河同學交往」這種原本缺乏真實感的事實。讓我興奮地心跳加速頭昏腦脹，根本沒辦法專注於對話。

「人家的家就在這裡喔！」

白河同學這麼說，在一棟木造雙層樓房的門前停下腳步。房屋的外觀稍微有些陳舊，四周一帶的房屋也都具有同樣的風格，這裡是一個古樸的住宅區。

面對無法從白河同學那脫俗氣質推測的住家風貌，我不知道該怎麼回應，只能做出「這棟房子很不錯呢」這種最保險的評語。

白河同學隨即開心地面露微笑。

「真的嗎？謝謝！」

那是一張坦率表達謝意，絲毫不懷疑對方可能只是說恭維話的笑容。

「…………」

即使她可愛的神情使我心中小鹿亂撞，但同時又讓我感到很內疚，恨不得趕快離開。

「那、那我走嘍……」

正當我準備轉身離去時，白河同學以充滿朝氣的聲音叫住我。

「吶，要不要來我家呀？」

「……咦？」

「家人正在上班，奶奶今天去上草裙舞課也不會在家。」

她和奶奶一起住啊……而且還去上草裙舞課，那位奶奶真健朗……雖然諸如此類的雜念閃過我的腦中，但有一件事比那些想法更重要。

到白河同學的家裡。

踏進……沒有其他人的白河同學家。

而且是兩人獨處。

「……可、可以嗎？」

我緊張地吞著口水提問，白河同學則毫不遲疑地點了頭。

「嗯，反正龍斗是人家的男朋友嘛。」

等等，就算如此，我直到剛才還只是妳連名字都不知道的路人同學喔──雖然我在心中這麼想著，但既然本人同意，我就沒有任何客氣的道理……應該吧……

難道我快死了嗎？

我的人生根本不可能遇到這種事啊！

「呃，那就……打擾了。」

於是，我誠惶誠恐地走進交往三十分鐘的人生第一任「女友」……的家裡。

雖然我仍懷疑自己是不是被騙了，不過現在的我已踏入「白河同學的家」。

我的腳步搖搖晃晃，真實感再次逐漸遠去。

「打、打擾了……」

走進玄關時，我立刻被某種令人懷念的別人家氣味所包圍。三和土鋪設的地面隨意地擺著幾雙應該是屬於白河同學所有的女鞋，那種充滿臨場感的景象讓我的心臟噗通噗通地跳。

「上樓吧上樓吧，人家的房間在二樓。」

白河同學催促著我走上眼前的狹窄階梯。

二樓的入口處有裝設紙拉門的和室房與西式門板的房間，白河同學轉開後者的門把。

「請進～」

這麼說著的白河同學給我看的房間總算是個氣氛看起來符合她形象的空間。

兩坪半的房間裡，首先映入眼簾的是窗簾與床鋪被套的艷麗粉紅色。擺在牆邊的白色化妝檯與衣櫃雖然有點廉價感，但造型應該是女孩子喜歡的時髦設計。兩者之間放著看似書桌的物體，桌上卻堆滿了化妝包和生活小雜物，完全不像是能用來讀書的環境。

整體來說，房間裡充斥著擺得到處都是的化妝品小瓶子、吉祥物布偶、閃亮的首飾之類的大量小雜物。不過看得出來那些東西不是隨意亂放，而是按照她個人的某種堅持擺設成這副模樣。

除此之外，屋內還飄著白河同學身上那種不知是花香還是果香的濃郁香氣。遠比想像的更像女孩子的房間。

「怎麼了？趕快進來吧。」

先進入房間的白河同學向嚴重欠缺對女生房間的適應力而受到震撼教育的我喊了一聲。

「啊，好，嗯……」

我驚覺自己一直呆站在原地的樣子很奇怪，連忙走進房間。

「隨便坐吧～」

白河同學隨口說著，同時順手將書包放到地上。

「我去拿點飲料喔，喝麥茶可以嗎？」

「啊，嗯，好，謝謝……」

白河同學離開了房間。她下樓的輕快腳步聲不可思議地與我激動的心跳節拍一致。

我到底為什麼會在這種地方……

只做好遭到拒絕心理準備的我現在正以白河同學「男友」的身分待在她家的房間裡。連我都還無法相信這個狀況。

但無論如何——

我此刻就在那位白河同學的房間裡……

「嘶……」

總之先用鼻子用力深呼吸一下吧。

這就是白河同學的味道……

想到這裡，我不禁感慨萬千，嘆了一口氣。

這也太噁心了吧！我在搞什麼啊！

然而現況就是我獨自待在愛慕的女孩子房間裡，想做壞事的衝動快逼得我失控了。

沒錯，例如……打開衣櫃的抽屜。

不知該說是幸或不幸，靠近房間入口處，也就是我的身旁，有一個白色的衣物收納櫃。它的模樣看起來實在很像私密物品……說白了就是內衣褲的收納箱，讓我無法把目光從上面移開。

不行！身為男人，身為一個人，那都是萬萬不可做出的行為！

但是……我好想看……

掙扎了一會兒以後，我心中的天使與惡魔分出了勝負。

獲勝者是惡魔。

「稍微看一下應該沒關係吧……！」

出於罪惡感，我喃喃唸著藉口，快速將手伸向抽屜。當我拉開抽屜幾公分時，不禁發出感嘆的聲音。

「哦哦……」

映入眼簾的白色蕾絲太過神聖，我停下了手。

這就是……白河同學的……貼身衣物……！

正當我仰頭朝天，細細體會著瞻仰那些衣物所帶來的幸福時……

「久等了～」

「唔哇！」

不誇張，我真的因為驚嚇過度而從地板彈起了幾公分。結果狠狠撞上了剛才打開的抽屜。

「好痛……！」

糟糕，還沒關上抽屜……！

「咦？那個是開著的喔？抱歉喔～」

不過發現到抽屜開著的白河同學絲毫沒有懷疑我。她看了看抽屜後「啊！」了一聲，露出雙眼閃閃發光的興奮表情，並且將兩手拿著的麥茶放在收納櫃上，從裡頭抽出一件白色蕾絲衣物。

「吶，你看這個～」

「……！」

她打算給我看什麼啊！

這麼想著的我僵在原地，白河同學則是毫不遲疑地將那件衣物攤在我的面前。

「鏘鏘！超可愛的對吧？這是之前買的小可愛！人家想拿來和露背上衣搭配喔～」

「…………」

我望著攤在眼前的白色蕾絲小可愛，感到一股莫名的無力感。

「唔，嗯，不錯喔……」

不對，能看到白河同學的便服已經很棒了。只是我原本以為那是內褲，無法否認有點失望。

穿給人看的小可愛……是穿給人看的小可愛啊……

偷看別人房間的東西果然不對啊，我暗自發誓再也不會做這種事了。

「那就來喝茶吧～」

白河同學說完，重新端起了麥茶。

「坐吧坐吧。」

「啊，嗯，謝謝……」

我整理了一下心情，照著她的話準備就座。

但是，該坐哪裡？

房間裡沒有沙發或座椅之類的家具。書桌前的椅子上已經被圍巾般的物體占據。那麼只能直接坐在木地板或是床上了。

床……

不對，是床耶！

想當然耳，這張床是用來當成沙發，我們在床上也只會並肩坐著聊聊天……不對，可是，在這種狀況下我哪可能忍得住！

這個房間的主人可是我心儀已久的全年級第一美少女，就在剛才不可置信地成為我的「女友」的白河同學啊。

若是和她並肩坐在床上，我實在無法維持理智。

「……哦，是那回事呀？」

看著遲遲不坐下的我，白河同學像想到什麼似的忽然露出心領神會的表情。

「可以喔。你想先沖個澡吧？浴室在一樓，我帶你過去吧？」

「咦？」

什、什麼？她剛才說什麼？

她說沖澡，這不就讓人越來越往那個方向想了嗎……

還是白河同學有重度的潔癖，只願意讓洗過澡的客人進入她的房間？或是她拐了個彎暗指我身上很臭？

不不，都不是吧。畢竟她剛才很稀鬆平常地請我坐下……當我腦中胡思亂想時，白河同學似乎又靈光一閃，擺出有如說著「啊，是這樣喔？」的表情。

「龍斗你是不需要先沖澡的那種人嗎？」

咦？不、不對，她說的果然是那方面的事嗎？

陷入混亂的我被她接下來的行動嚇破了膽。

白河同學把麥茶的杯子擺回櫃子上，將手伸向自己制服的胸口。

「今天有體育課，可能有點汗臭味。感覺有點不好意思呢……」

她一邊說，一邊解開一顆襯衫上的釦子。平時就開到第二顆鈕釦，大方敞開的胸口，如今在解開第三顆鈕釦後變得更暴露……我不禁吞著口水，用力盯著那稍微露出胸罩蕾絲花邊的深邃山谷。

這、這是貨真價實的白河同學的內衣（本人已穿過）……等等，不行不行。要是死盯著看，會讓她以為我是個大色鬼！

然而她卻不顧我內心的糾葛，繼續將手伸向下一顆鈕釦，毫不猶豫地準備解開釦子。

「白、白河同學？」

此時我總算可以確定了。

到了這個地步，一定就是那回事。

剛才沖澡的話題以及現在她所說的話。只代表一個意義。

或許……不對，沒有什麼或許不或許的。毫無疑問正是如此。

她打算和我做……色色的事情。雖然這讓人很難相信。

咦，真的假的？

可以嗎？

沒想到今天就能向灰色的處男生活告別，我直到現在都沒想過這種事。

而且對象竟然還是白河同學。

這是讓人無法置信的幸運……不，可是，但是！

真的真的是真的嗎？

「先、先等一下……！」

我吃驚的聲音讓白河同學解著釦子的手停了下來。

「嗯，怎麼了？」

我吞了吞口水，對一臉疑惑的白河同學說：

「妳、妳在做……什麼？」

真的快過頭了。就算是我這種妄想力豐富的男生，也無法想像如此突如其來的發展。

老實說我跟不上狀況。

我們之間搞不好存在某種誤會。

必須在誤會導致場面失控之前，弄清楚她的真正用意。

「你問做什麼，不就是做愛嗎？」

聽到這種直接露骨的回答，我馬上擺出摩艾像的表情僵在原地。

真、真的假的啊——？

真的嗎？真的可以嗎？

白河同學疑惑地望著腦中陷入一片混亂的我。

「咦？你不想做嗎？」

「不是那樣的……咦？咦？」

可以嗎？啊，不是，如果她願意的話我當然可以，只不過這是真的嗎？

真的可以嗎？

看著疑惑不已的我，白河同學也愣住了。

「那個……會、會不會太快了？妳不是直到剛才連我的名字也不知道嗎？要和那樣的對象做……白河同學，妳願意嗎……？」

我正處於精力旺盛的年紀，想做色色的事情想得不得了。

再說對方還是我憧憬的白河同學。一想到能在現實中瞻仰曾於妄想裡玩弄過的白河同學的羞人肉體，我就興奮得不能自己。

可是要在現在做嗎？

我連白河同學答應交往的回覆都還不太相信耶。

由於事情進展得太過順利，導致困惑壓過了性慾。

她到底在想什麼？

我陷入了恐慌。

「願意啊。你現在不是人家的男朋友嗎？」

白河同學在此時擺出抬眼的憐愛表情……不妙不妙，超可愛啦！

「就、就算如此……妳連我是什麼樣的人物都還不清楚，這樣好嗎？萬一我是個很無聊的男生呢？」

「啊？」

「不僅如此，如果我是個超級大變態……」

「咦，你在說什麼？龍斗你是變態嗎？」

「我、我不是！只是假設。只不過站在白河同學角度來看，妳還不認識我這個人……」

「咦——？那是什麼？哲學問題嗎？」

白河顯得相當困惑。

「……那也沒辦法吧？畢竟你是人家的男朋友嘛。如果人家感覺實在不行，到時候就只能分手了。」

原來如此……

總之可以確定的是，白河同學與我對「交往」的概念有差異。

白河同學認為「先開始交往，之後再培養感情就行了」。

但我和她的感情……這段與一直愛慕但恐怕終生都無法交往的美少女之間的愛情，我希望循序漸進，慎重地慢慢培養……

我在此時體認到自己的想法。

「咦，龍斗你不想和人家做嗎？男生和女友獨處的時候不是只會想著做愛嗎？」

白河同學困惑到不行，狐疑地望著我。接著她似乎想到什麼，突然說著「難道……」，並且臉色凝重地將視線往下移到我兩腿間制服褲子的拉鍊處。

「……才、才不是咧！」

我每天早上都一柱擎天，請不用擔心！

「我不是那個意思……只是打算珍惜兩人的關係……白河同學是我的……女、女朋友吧？」

又在重要關頭吃螺絲了。暴露自己說話不流暢的樣子實在很丟臉。

「所以呢，那種事應該等恰當的時機再做……」

「恰當的時機……是什麼時候？」

白河同學蹙了眉。

為什麼？現在是露出那種表情的場合嗎？

話說，一般情況下男女的角色應該對調吧？希望珍惜兩人關係的女孩與不管那麼多的性急男生，這種老套到不行的畫面才算正常吧。

思考到這裡時，我的心中突然冒出某種疑惑。

「……那個……我說啊。白河同學，妳有那麼……想做嗎？」

當我想像她是一位比男人更喜歡做愛的女孩子時，胸中不禁燃起一股心癢難耐的感覺。我的女友是淫亂辣妹……怎麼辦，我的身體撐得住嗎……我的呼吸跟著變得很粗重。

然而就像是對我的妄想潑出一盆冷水般，白河同學的眉頭皺得更緊。

「咦？唔……？」

她看起來似乎在煩惱什麼。

「人家沒思考過想不想的問題。該怎麼說呢？這算是義務嗎……人家覺得只要開始交往就該做。女友如果不給做，男生不就有可能會去找其他女生嗎？」

聽到這個回答的瞬間，我稍微喪失了一點猥褻的想法。

同時想起了她剛才所說的話。

——男生和女友獨處的時候不是只會想著做愛嗎？

另外，當兩人走在回家路上時也這麼說過。

——你以為是人家膩了甩掉他們吧？正好相反！人家在交往期間很專情的！就算有其他男生告白也會立刻拒絕。

當時只是聽聽而已，但這句話不就代表是白河同學的男友膩了甩掉她嗎？

不可能吧……我腦中瞬間浮現這個念頭。

然而同樣身為男性，我也不是無法了解白河同學的前男友們的想法。

如果開始交往的第一天她就輕易地給人上，或許真的會很快就膩了，將目光移到其他女生身上也不一定。畢竟他們是不需要玩懲罰遊戲就能對白河同學告白的男生，和我不同，是充滿自信的陽光型男。

「…………」

感覺有點不爽。

白河同學並不是因為喜歡做愛而做的女孩，她只是體貼男友而與對方發生關係。至少，過去的她都是如此。

而且若是隨隨便便就接受關係，結果還很快就甩掉她，這樣不就形同為了她的身體而交往嗎？

「……那就是今天不做嘍？」

「咦？」

聽到白河同學的話，腦中徘徊著許多想法的我突然回過神來。

「呃，這……」

我想做。

老實說我很想做，超級想做。

但如果在這個時候做了……

我就和她的前男友們沒兩樣吧……

不對，我還是很想做啊！

我不知道是否還遇到這種機會。白河同學明天或許就會改變主意，對我說「我們還是分手吧」也不一定。

好想做好想做，我好想做愛啊！

但我是第一次，不知道自己能不能順利……若是說到這個地步才做愛，在開始之後應該會被拿來和前男友比較而讓她失望吧。萬一被她嘲笑，我肯定會大受打擊再也無法振作……

不對，白河同學應該不是那種女孩子啦……

既然如此，我就不奢求做到最後一步，白河同學穿著衣服也沒關係，只要稍微借用一下她的手……不對不對！我在想什麼啊！大腦被性慾占據，思考變得越來越奇怪了。

我和她那些前男友不同。

我是打算用行動展現這點吧？

既然如此，該選擇的答案不就只有一個了嗎……

「……這個嘛……今天就……不做了……」

我只能在心中淌著血淚這麼回答。

「哦～？」

驚奇地歪著頭的白河同學簡直可愛到極點，才剛說完那些話的我馬上對自己的決定感到強烈的後悔。

◇

五分鐘後，我和白河同學一起在外面散步。

若是繼續待在屋內，我無論如何都會意識到兩人獨處的事實而無法好好說話，所以邀她外出走走。

當我們兩人在屋外四周閒逛時，白河同學突然小聲地說著：

「龍斗，你好認真喔。」

我看著她的臉，想揣測她現在的心情。她的臉上沒有失望或嘲弄的神色，這點讓我暫且鬆了口氣。

沒辦法做色色的事已經讓我感到很後悔。如果還被她冷眼對待，那簡直是雙重打擊。

「人家可能是第一次遇到龍斗這樣的男朋友喔。」

望著彷彿在自言自語的她，我小心翼翼地開口詢問：

「……那是不好的意思嗎？」

「不會喔。」

白河同學看著我，搖了搖頭。

「人家只是覺得原來也有這樣的男生呢。」

即使是天色逐漸變暗的傍晚戶外，那張揚起嘴角的微笑表情看起來依然十分可愛。

望著那樣的她，我體認到自己剛才確實沒有做錯決定。

呃，雖然說我其實想做愛想得不得了啦……

「那個……白河同學。這個，我其實……」

就算有意隱瞞，我覺得遲早也會暴露，所以乾脆地向她表明。

「是第一次……和女孩子交往。」

白河同學稍微睜大了眼睛。或許我真的是她在歷任男友之中沒遇過的類型。

「而且也沒有其他要好的女性朋友。妳不讓我做就跑去找別的女生……這種事絕對不會發生在我身上。所以……」

由於話題有點敏感，我不太敢在外頭談論，因此壓低了聲音。

「以後如果要做那種事，我希望是在白河同學打從心底也想和我『做』的時候……」

這種想法或許會被笑太有處男味，可是我是真的想要在雙方真心相愛的情況下與她緊密相連。

我一直在心中描繪著、夢想著與最喜歡的女孩子共同迎接那天到來的景象。

雖然剛才差點失去理性，不過我覺得自己能把持住真是太好了。

「至少我不希望妳認為那是什麼義務。」

終於說出口了。

剛才在那個房間裡沒辦法好好表達的想法，如今總算能傳達給她。

「……這樣啊，原來如此。」

白河同學沉默了一會兒，然後這麼對我如此說道。她就像解開了心中的某種困惑，整個人顯得神清氣爽。

「抱、抱歉……白河同學明明是……為了我而做。」

「沒關係啦～人家明白龍斗的想法了。」

白河同學爽快地說著，邁開步伐往前走去。這時，她主動向前面提著購物袋的大嬸開口問好。讓我這個甚至無法好好看著鄰居面孔的人感到萬分佩服。

我越看越覺得她是一個好孩子。想必她是在父母與奶奶的呵護之下茁壯成長吧……我這麼想像著，自顧自地為此感到溫馨。

唉，我還是很想要跟這種善良又可愛的女孩子做啊……沒辦法，現在後悔也已經來不及了……

「那麼，如果人家想和龍斗做愛了……」

白河同學的這句話害我心一驚，連忙轉頭查看後方。畢竟我們才剛和那位大嬸擦身而過。

我的反應逗得白河同學笑著說「你怕過頭啦」，接著她抬眼注視著我。

「到那個時候，只要告訴你就可以了吧？」

「嗯，是啊，沒錯……」

雖然我在心中祈禱「那個時候」最好不要過太久才來，但又不能催太急讓她顧慮我，所以沒辦法把這個期望說出口。

「瞭！」

白河同學開朗地如此回答，同時愉快地笑了。

「或許到那個時候，我們的關係就不再是『薄弱的喜歡』，而是『真正的喜歡』呢。」

她的話讓我的心臟噗通一跳。縱然我已經完全愛上了白河同學，不過我可以相信……她也深愛著我，兩人有如一對情侶恩恩愛愛的那天將會到來嗎？

活著真是太好了。

能活到迎接白河同學對我說出這種話的這天到來真是太好了……！

繞著房子走了三圈，將白河同學再次送回家後。她站在玄關微笑著說：

「沒有立刻就做愛似乎也很不錯呢。人家或許是第一次如此心動喔。」

接著，白河同學擺出無敵可愛的笑容，朝心跳飛快、說不出話的我揮手。

「從今天開始請你多多指教嘍，人家的小寶貝！」

◇

當猶如置身於美夢的我恍惚地回到家後。

「我還是很想做啊～～嗚喔喔喔喔————！」

我因為強烈的後悔而在床上痛苦呻吟的事，絕對不能讓白河同學知道。

第一・五章　露娜與妮可的長時電話

「吶～妮可（Nikoru），妳聽我說喔～！人家有男朋友了。」

「啊？啥？什麼時候的事？」

「今天放學後～」

「咦，是誰？春馬？海晴？」

「都不是～！妳絕對猜不到。」

「不會吧，到底是誰？妳之前根本沒有提過耶！」

「因為人家也是今天才突然被告白的嘛。是同班的加島龍斗喔。」

「呃……誰？班上有這個男生嗎？」

「嗯，人家也不太清楚，不過他說很喜歡我喔。人家感覺很有趣就跟他交往了。」

「咦，真的不知道他是誰耶！哪個社團的？」

「不知道，還沒問。不過他好像放學後就直接回家了，是回家社的吧？」

「哦～長得帥嗎？」

「唔……普通吧？但是人家不討厭喔。」

「抱歉，我還是完全搞不懂。那妳們做了嗎？」

「還沒～」

「以露娜來說還挺稀奇的。家裡有人？」

「不是，龍斗說今天不想做。」

「咦，是對方拒絕？」

「嗯。」

「會不會太扯了？那個男的是怎麼回事！」

「他說想要珍惜我們的關係～」

「啊？莫名其妙，妳又不是處女。」

「就是說呀～」

輕笑一聲之後，露娜凝視著紅色的造型美甲，低聲細語：

「他似乎是個有點奇怪的人呢。讓人家感到滿有趣的，開始對他有些興趣了。」

第二章

宛如置身夢境的感覺一直從昨天持續到現在。

然而無論我捏了幾次臉頰都沒醒來，晚上時也有好好地作夢。那是從遠處看著白河同學的夢……既然能從那個夢裡醒來，就代表這一定是現實吧。

真讓人難以置信……我竟然和白河同學開始交往了……

這麼想著的我懷抱雀躍的心情前往學校，展開與白河同學……交往第二天的校園生活。

當我抵達學校準備走向自己的班級時，等在教室外走廊上的阿伊一看到我就飛奔而來。

「喂喔喔喔喔喔喔喔喔！」

他張著布滿血絲的雙眼，兩手緊抓我的肩膀。

「那是怎麼回事！在那之後到底發生了什麼事！就算發ＬＩＮＥ給你，你也只是回『發生了很多事』，我可是在意得睡不著覺啊！」

「唔，嗯……抱歉。那個……我去了……白河同學的家。」

「噫、噫啊啊啊啊啊啊啊啊！」

阿伊以不像是角落邊緣人的情緒高聲嘶吼，臉色蒼白的他看起來快昏倒了。

就在這時，背後傳來一陣低沉的聲音。

「你做了嗎？」

當我回過頭時，只見阿仁擺出能劇面具般的冰冷表情站在那裡。

「唔哇，嚇我一跳。」

「快回答，我問你做過了嗎？」

阿仁就像在審問犯人般，以嚴厲的語氣逼問著我。

「到底有沒有，阿加！」

「給我如實招來！」

阿伊也帶著緊張的表情湊過來。有如毛毛蟲的手指陷入我的肩膀，老實說真的很痛。

「……沒有做啦。」

「「為什麼！」」

兩人的聲音同時變得很激動。

「她家有人嗎？」

「沒有……」

「難道她其實不會輕易給別人上？」

「不，對方好像也有那個意思……」

當我這麼一回答，兩人便呲牙裂嘴地露出惡狠狠的神情。

「一那又為什麼不做！」」

「得、得先做好各種準備嘛……」

「所以我常常在說嘛！就算是邊緣人平時也該隨身攜帶一兩個保險套！這可是紳士應具備的素養啊！」

阿伊晃著那巨大的身軀放聲大喊，到校的同班同學們在走進教室時紛紛以古怪的眼神望著我們。

「不，不是那種準備，是心理方面的……」

「心理？」

「你是清純少女嗎！」

「明明沒什麼女人緣，你竟然還放棄這麼貴重的大好機會喔？」

被兩人擠到走廊牆壁邊的我整個人縮成一團。

沒辦法和白河同學做愛已經讓我很後悔了，現在聽到這種指責更讓我難過。

「不……可是，反正我們才剛開始交往，那種機會應該不會只有一次吧……？」

聽到我的回答，兩人突然變得很嚴肅。

「阿加……」

「你難道以為自己真的能和白河同學交往嗎……？」

「咦？」

兩人以彷彿看著可憐生物的同情眼神望向一臉疑惑的我。

「對方可是那個白河月愛喔？是整個學校金字塔社會的頂點喔？她只是拿你這種邊緣人耍著玩啦。那種男友一個接著一個換的玩咖昨天只是心血來潮選你陪她一晚，你怎麼就忽視這些事實，自以為當了她的男朋友啊？」

「咦？咦咦……！」

阿仁看著困惑不已的我，無奈地搖了搖頭。

「算了，就讓你再多作一點夢吧。阿伊你說是吧？」

「是啊，你馬上就會體認到現實了。」

這對高矮雙人組對我投以憐憫的眼神，搭著肩從走廊離去。

「…………」

咦？

是、是這樣嗎？可是她並不是在開我玩笑吧？我真的和白河同學在交往……吧……？

被他們兩人這麼一說，我突然感到有點不安。

就在此時，制服的口袋裡傳來手機的震動。

「……嗯？」

我拿出手機，看到LINE彈出了通知訊息。

☆LUNA☆
人家睡過頭了～～…哭哭(、 ;ω;`)

是白河同學傳的。

看到這則訊息，我意識到昨天發生的事果然不是夢境或幻覺。

如果我們沒有交往，她就不可能傳給我這種訊息。更別說我們一開始就不會交換聯絡方式。

假如她只是覺得邊緣人的反應很有趣，打算開我一點玩笑，那就沒道理做出這麼麻煩的舉動。畢竟代價太大了。

我用這種想法安撫著自己。

昨天向她道別回家後，吃完飯和睡前，白河同學也傳了好幾次訊息給我。

龍斗
騎自行車去車站吧，動作快一點的話還能趕上第一節課喔。加油！

我只能回這種沒什麼意思的訊息，而她每次都會立刻回信。
手機又震動了一下，是白河同學傳來的回信。

☆LUNA☆
回信死認真的哭哭(、;ω;`)人家會努力(、;ω;`)

「死認真……」
對不起我只能說出這種沒意思的話。
但我也只能回她普通的認真訊息啊。如果刻意想逗白河同學笑卻耍冷，我這一生就會再也說不出笑話了。
雖然我還想傳些什麼訊息給她，不過她應該忙著準備出門，所以只是傳了「加油」的貼圖後就把手機收起來。

手機又震了一下，她傳給我一張不怎麼可愛的兔子擺出焦急表情的貼圖。

「妳還是趕快準備出門吧。」

我不禁露出苦笑，這次就真的把手機收起來了。

白河同學在第一節課即將結束時抵達學校。燙捲的頭髮與嘴唇的光澤一如往常地完美，對打扮的時間不妥協的堅持很有她的風格。

看著她可愛的模樣，我回想起昨天那有如置身美夢的時間。果然還是應該請她跟我做才對……後悔的想法不斷折磨著我。

到了下課時間，白河同學輕輕地靠到我的桌子旁邊。

「早啊～」

「……早、早安。」

我在意著周圍的視線，像個可疑人士般四處張望。

「妳來得好晚呢。」

由於我想快點結束對話，所以立刻先開口。

「嗯～人家睡過頭了。」

「怎麼了？太晚睡嗎？」

我不斷推進話題，白河同學則是以認真的表情開口說：

「人家一想著龍斗，就睡不著了。」

「咦？」

我的心臟不禁噗通跳了一下，連必須注意四周的情況都忘了，只是直直地注視著她。

「人家第一次遇到龍斗這樣的人，感覺很奇妙呢。」

「咦，這樣啊……？」

雖然親口說出這種話很可悲，但我覺得自己算是量產型的邊緣人耶……不過白河同學身邊應該毫無疑問地沒有我這種人。

「露～娜～！」

就在這時，有位漂亮的女生從教室後方朝白河同學喊了一聲。

那是在正妹團體中存在感特別強烈，與白河同學感情最好的正牌辣妹。

「…………」

感覺她好像瞪了我一眼，我縮起脖子企圖與空氣化為一體。

「嗯～？」

白河同學沒注意到這件事，對我低聲說了「待會兒見嘍～」便離開我身邊。

在那之後，白河同學每逢下課時間就會不斷來找我聊天。

我是很開心，不過周圍的視線也讓我在意得不得了。

特別是那位濃妝辣妹投來的敵意眼神。

「……那個，白河同學。」

被她瞪了好幾次後，終於受不了的我悄悄詢問白河同學：

「妳應該沒有把我們交往的事跟別人說吧？」

「咦？」

白河同學以充滿「為什麼會問這種問題」這種疑惑的眼神望著我。

「有跟人家的好朋友妮可說過就是了。」

「…………」

就是那個濃妝辣妹。我記得她的名字叫山名笑琉（Nikoru），從一年級時就經常和白河同學在一起。

「為什麼這麼問？有什麼問題？龍斗沒有對好朋友說嗎？」

白河同學天真地如此問著。

「呃……有兩位朋友知道。」

「你看吧。」

狀況突然變得很不妙，因為我沒有要求她別說出去，如今沒辦法表示什麼。況且阿伊和阿仁就是製造我和白河同學交往契機的人物，並不是我說出去的，他們不可能不知道。

「……只是呢，我和白河同學說話會很引人注目……」

我不斷偷瞄四周，一邊說著。

雖然我們的交流融入下課時間的熱鬧氣氛之中，然而像白河同學這樣的女生一天之內找我這種邊緣人攀談好幾次，在白河同學觀察家（肯定有這種人，我也是其中之一）的眼中看起來絕對很奇怪。

「……你的意思是，在學校裡不要太常找你說話，希望我們交往的事保密？」

白河同學壓低聲音問我，我僵硬地點頭。

「嗯……呃，就是，這樣。如果可以就太好了……」

若遭到質問我是否有資格提出這種要求，我只能說和白河同學交往這件事本來就踰越了自己的身分。

「……好吧。」

白河同學不情不願地答應。

「那人家什麼時候才能和龍斗說話？」

「咦？」

她突然這麼問，我當場楞住。

「……星、星期六星期日見面時就可以了吧？」

一下子就提出這種邀約未免太厚臉皮了。像你這種邊緣人竟然想在假日獨占白河同學，等一百年後再說吧——雖然腦中的另一個自己狠狠地訓斥，但一時之間我也只能想到這個說詞。

「你的意思是約會？」

「噗嗚！」

白河同學突然恢復原本的聲量問我，害我發出怪聲。

幸好前一堂課在理化教室，已經回到教室的學生只有少數幾人，看起來沒有其他同學豎起耳朵偷聽我們的對話。

「是、是……是啊。」

約會這兩個字讓我心跳加快，眼神不停游移。

「不行的話，也沒有關係啦……」

話說我好歹是「男友」，如果她拒絕約會，我肯定會受到很大的打擊。

「沒問題，可以喔。」

白河同學馬上回答。

「星期日人家有事，不過星期六有空。去哪玩？」

這時預備鐘聲響起了，我說著「我、我先走了……」，離開她的身邊。

在我加快的心跳尚未平靜下來，在自己的座位上準備課本時。稍微回到現實的我不禁喃喃自語：

「星期六……不就是明天嗎？」

初次的約會不但就在明天，而且我毫無計畫。

對方可是那位白河同學耶！

◇

之後我完全沒辦法專心上課。

然而不管我再怎麼苦思，一個沒女人緣的邊緣人仍不可能想出能讓白河同學滿意的傑出約會行程。

即使我偷偷在抽屜裡操作手機，搜尋「約會　地點」，熱門的搜尋結果也全都是老套的點子。

由於我越煩惱就越覺得受不了，只好暫時將約會的事拋在腦後。

放學後，由於白河同學正在與那位好朋友「妮可」開心地聊天，忐忑不安的我和阿伊一起離開了教室。

當我回到家在自己房間喘了口氣，拿起手機打算看看KEN新出的影片時……

手機跳出白河同學傳來的LINE通知。

「咦！」

不是傳訊息，是來電通知。

而且還是視訊通話。

「呃，哇啊……！」

我連忙檢查背後有沒有不方便被拍進去的東西，然後在床鋪上正襟危坐，按下接聽鍵。

「喂、喂……？」

「哇喔，是龍斗耶～！」

出現在畫面上的白河同學開心地對我揮手。

從背景來看，白河同學似乎也在自己的房間。也就是說，我離開後沒多久她就回到家了嗎？

「有、有事嗎？」

白河同學穿著居家服般粉紅色毛茸茸連帽上衣（拉鍊拉得很低，一樣能看到乳溝）的模樣讓我有些慌張，她則是嘟起了嘴。

「問明天約會的事啦。不是你邀的嗎！難道忘了？」

「啊……約……」

約會。無論聽到幾次都很猛的衝擊性詞彙。是說她算有把那種話當成我的邀約嗎……？如果是這樣，那真的很謝謝她。

「就是啊，約會！要去哪～？」

「呃……」

我能立刻想到的只有上課時搜尋的內容。

「這是第一次的約……會，要不要去看電影……？」

「哦～？」

畫面裡的小小臉蛋緩緩地傾斜了一下。

「去那種地方好嗎？你有什麼想看的電影嗎？龍斗喜歡看電影？」

「咦，也，也沒有……」

我一年頂多只會去電影院一次，也不太清楚目前有什麼作品正在上映。

「龍斗想和人家做什麼呢？為什麼邀人家去約會？」

感覺白河同學望著我的眼神中帶著一點引誘的意味。

這使我有點慌了手腳，開口：

「我想……更進一步認識白河同學。」

「你想認識人家的什麼呢？」

白河同學扭了扭身體，擠在雙臂間的乳溝變得更深。我吞了一大口口水。

「沒問題喔。無論龍斗想做什麼，都可以喔……？」

白河同學的表情很溫柔，臉上泛起彷彿隨時能實現男人慾望的女神般微笑。

然而如果我現在說得出「那我們上賓館吧！」這種話，我就不會當了十六年的邊緣人啦！

而且我希望細心培養與白河同學感情的想法是真的。我會等到白河同學親口說出想和我進行親密行為的那個時候。這股決心……絕不動搖。

雖然被這樣刺激慾望時，我有點喪失堅持的自信就是了。幸好白河同學不在面前……

「……白河同學呢？」

不知該怎麼回答的我反問回去。

「白河同學想在假日做什麼呢？」

「咦……？」

我的問題讓白河同學稍微睜大了眼睛。

「人家嗎？為什麼這麼問？」

「我只是在想……白河同學喜歡做什麼事。」

「嗯～人家呢～」

白河同學有點開心地揚起嘴角，眼神往斜上方飄去。

「因為人家喜歡衣服，所以會去購物吧～然後就是試用一些化妝品，或是去氣氛可愛的咖啡店～……」

「那麼要不要就走這樣的行程？」

「咦……？」

白河同學吃驚地瞪大了眼。

「你要陪人家嗎……？」

「嗯。反正我逛街時也沒什麼特別想做的事……既然如此，配合有目標的人應該比較好吧。」

與白河同學待在一起這件事，對我而言就已經是人生一大盛事。我完全想像不到還能再奢求什麼。

聽到我說的話，白河同學眨了眨眼。

「……感覺……龍斗你果然有點奇怪耶。」

她說完後輕輕笑了。

「人家是第一次遇到說出這種話的男朋友呢。」

如今我已經能確定，白河同學並不是個隨便的玩咖。

她凡事都願意配合男朋友。但因為她太過順從歷任男友，使得她淪為隨便就給人上的女生，變成經常讓男方膩了就換掉的遺憾美少女。

「感覺～龍斗真的好奇怪喔……」

看著不停感慨低語的白河同學，我在心裡說著：「我和妳那些前男友不一樣」。

我們之後稍微討論了一下見面的方式並結束了通話。

「再見嘍～明天見！」

「嗯，明天見。」

她的臉從螢幕上消失後，我感到一股像是鬆了口氣，又像是依依不捨的心情。

緊接著湧上心頭的是——

「唔喔喔喔——！」

我竟然單獨和那麼可愛的女孩子打視訊電話耶……！

而且而且，那個美少女還是我的女友……！

「真的假的啊——！」

我興奮地喘不過氣，在自己房間的床上用力滾來滾去。

「啊～白河同學……」

穿著居家服的白河同學也好可愛，而且還有點色色的，實在棒透了。

學校其他人沒見過，在自己房間裡的白河同學的模樣。

白河同學的房間……好香呢。

我回憶起去她家的事。當心癢難耐的感覺再次甦醒時，後悔的念頭襲向了我。

「為什麼那個時候沒做啊……」

事情走到這個地步，白河同學或許就不會再輕易邀我進她的房間了。

但是，我不想被她拿來和前男友相提並論。

雖然我這種貨色本來就不可能和那些人相提並論，畢竟他們可是陽光型男耶……

「……不行不行！」

當我反覆想著這些事情時，夜已經深了。

◇

我有生以來第一次徹底喜歡上的異性是一位黑長髮的清純美少女。那是國一時造成我心理創傷的告白對象。

原本我喜歡的就是那種類型的女孩。無論在動畫或遊戲中，比起性感型的女角，我絕對比較推薦清純型的人物。

所以我對自己和這種與喜好完全相反、打扮花俏的美少女站在一起的情況感到有些不可思議。

而且，這位美少女還是我的……女朋友。

一想到這裡，我坐也不是站也不是，心中冒出一股還不習慣的躁動情緒。

萬一被別人看到怎麼辦。雖說我不是沒有想秀給別人看的想法，可是又怕惹人非議，說我這種邊緣人怎麼和她在一起。

週六約會的這天，腦中充滿這些想法的我一邊因為各種因素而緊張地心跳加快，一邊走在白河同學的旁邊。

「哇，好猛！這個看起來超～可愛的耶！」

在新宿車站大樓的流行時尚樓層，我待在一旁看著興奮不已的白河同學。

「敲可愛！真的可愛到不行～！這樣每個顏色都得買一件嘛～！」

老實說，我看不出她讚不絕口的東西到底好在哪裡。無論是背後鬆垮垮地敞開，不知該如何穿上的上衣，或是油油亮亮的大紅色口紅。她拿起那些超出我理解範圍的物品時，情緒都十分高昂。

說到難以理解的事物，白河同學今天的打扮也很誇張。

露出雙肩的白上衣，皮革質感的緊身迷你黑裙。搭配鞋跟頗高的黑涼鞋，還帶著蛇紋皮包。

是辣妹啊。是我這種量產型男高中生想走在她旁邊都會顯得自不量力，在任何場合都能抬頭挺胸的正牌辣妹。

而且，她還是一樣超級可愛。

「欸，妳看，那個女生是不是超可愛的？」

「是什麼的模特兒嗎？我對辣妹類的不太熟……」

一對看似大學生的女生望向白河同學講起悄悄話。

就算在東京都心的街上，白河同學的可愛程度果然還是很引人注目。

想到這裡，以這位女孩的「男友」身分走在旁邊的我感到惶恐又開心，心臟噗通噗通跳個不停。

唉，要是有和她做就好了……不對不對，我和她的前男友不同——這些想法不斷來來去去，讓我的腦袋閒不下來。

而白河同學則在我的身旁忘我地鑑賞商品。

「哇～好猛！敲可愛～好興奮喔～！」

雖然她從剛才就一直重複同樣的詞彙，不過看來她是真的很感動。

有著不像日本人的深邃雙眼皮的那對大眼睛閃耀生輝，刷上比平時更多睫毛膏的睫毛歡快地顫動。塗著鮮豔欲滴唇蜜的嘴唇也十分誘人。

難道我喜歡的類型其實是辣妹嗎……？

不對，是因為白河同學太可愛了，還有辣妹妝與辣妹的穿搭都非常適合她。所以雖然和自己的喜好完全不同，我卻能全盤接受。

我一邊這麼想著，一邊陪伴白河同學逛街欣賞服飾與化妝品。兩小時就這樣過去了。

之後我們來到一間適合拍照上傳至ＩＧ的咖啡店。白河同學享用著宛如聖代般堆滿佐料的飲品，這時她突然提問：

「……吶，龍斗。」

她的聲調比在店裡興奮地欣賞商品時還要低沉。

「你還好吧？這次的約會該不會太無聊？」

「不會喔。」

我說的是真心話，白河同學的茶色平行眉卻歪成了八字。

「……騙人。龍斗根本沒在看店裡的商品吧？」

「咦、咦?不，呃，那是……」

她說的是事實。

畢竟要一個男生欣賞女性時尚用品……如果是男女通用的東西也就算了，但那可是徹頭徹尾的辣妹服飾，我根本不可能有興趣嘛。這點實在沒辦法蒙混過去。

「……總之我真的沒有感覺到無聊喔……因為我看的是白河同學。」

我怕她聽起來會覺得很噁心，所以小心翼翼地在後面補充了真正的想法。

我的回答令白河同學露出驚訝的表情。

「什麼意思?」

「咦?」

我沒想到她會追問下去，變得有些狼狽。

「不、那個……我想的是原來妳喜歡那種衣服，或是開心的樣子很可愛之類的……唔哇，抱歉，我很噁心吧……」

連我都受不了這套說詞而自嘲了一下，但白河同學認真地搖了搖頭。

「看到人家購物的樣子，會讓你開心嗎?」

我對她的詢問點了頭。

「看著白河同學愉快的樣子……我感覺自己也跟著開心起來了。」

「…………」

白河同學似乎不知該如何反應，陷入沉默。

我說錯了什麼話嗎？當我望著她時，白河同學的臉頰泛上了粉色。

「……胡說什麼嘛……害人家有點難為情耶。」

「…………」

好、好可愛！

那個白河同學害羞了？

「……龍斗，你果然很奇怪。」

說著這種話的她所露出的羞澀笑容，宛如小女孩般純潔又惹人憐愛。

怎麼辦？

我愛上白河同學了。

不，雖說我本來就愛慕她。只是當開始交往之後，我變得越來越喜歡她了。

這時，白河同學放在桌上的手機突然震動起來。

「啊，是妮可。」

黑色的手機螢幕亮了起來，彈出幾個訊息通知。

白河同學說著「等一下好嗎？」，中斷對話後拿起手機，默默地滑起來。應該是在回訊息吧。

我開始沒事可做，開始環顧店裡的環境。

白河同學帶我來的是一家模仿度假海灘打造而成的露天咖啡廳。走道是海灘那種碼頭木棧板，有些地方也實際舖設了白沙。是一間我肯定無法獨自造訪，充滿陽光氣息的咖啡店。

像我這樣的邊緣人真的能出現在這種地方嗎？我不由得有股坐立難安的感覺，連忙把視線拉回到面前的白河同學身上。

不管從哪個角度看，白河同學真的都很可愛。陪在她身邊一整天後，讓我越來越有這樣的體認。

而我呢？希望不會讓她覺得無論從哪個角度看我都很呆……又不帥……就好了……

「…………」

算了，想再多也沒用。我不是配得上白河同學的型男，這點無法改變。那麼至少內在不能隨便……雖說我不太有自信……

白河同學還在手機上打字。感覺她真的和「妮可」感情很要好呢。

我覺得傳訊息很麻煩，也不常用ＬＩＮＥ聯絡阿伊或阿仁。就算有也只是往來一兩則訊息聯絡事情就結束了。

白河同學昨晚似乎和「妮可」講電話聊到深夜。她說因為放假前一天晚上習慣如此，希望見面的時間最好約中午以後。所以現在已經是下午四點多了。

昨天不是已經講過電話了，究竟有什麼要緊事得聯絡呢？看她一直離不開手機的樣子，似乎進入聊天狀態了。

……難道說，是在抱怨我？

「…………」

不不！不能有被害妄想。

之所以會有這種想法，全是因為我缺乏自信。

我必須有所改變……雖然或許沒辦法立刻做到，但我會盡可能努力。

白河同學又沒有對我抱怨什麼，不要自顧自地丟掉自信心……嗯，希望能做到。

只要我不克服無法信任可愛女孩子的毛病，就沒辦法與這種超級可愛的女朋友持續交往下去……

但……不知道為什麼。白河同學應該是個坦率的好孩子，可是有那麼一瞬間，我想起甩掉我的那位美少女的臉。

真奇怪，她們兩人明明是完全不同類型的女孩啊。

「……真是的～妮可那個傢伙～！」

這時，一直默默操作手機的白河同學按了一下螢幕後將手機貼到耳朵上。

「就～說～了～人家正在和龍斗約會啦！」

電話擴音器傳來「知道啦！所以才打電話給你呀——！」這般高亢的女聲。

「……咦～？……啊～有什麼關係，之後會跟妳說啦。」

似乎是因為對方一直不斷詢問，白河同學有點不耐煩地拉高聲調。

「就說啦～去了Lumine，看了CECIL的衣服～還有Etude House的化妝品～來了海灘咖啡店……嗯，對對，全都是人家想去的地方。」

白河同學開心地說著。

「……就是說啊，人家第一次碰到這種約會呢。」

白河同學凝視著擺在桌上的甜品飲料杯，露出只給她真正接受的對象看見的甜蜜微笑。

目睹那副表情時，我胸口深處為之一緊，剛才的胡思亂想全都變得不重要了。

這麼可愛的女孩是我的女朋友啊！

白河同學與過去的男友們有過許多經驗，而現在則是以女友身分坐在我的面前。縱然對我而言那是個苦澀的事實……

然而如果她過去的戀愛過得很幸福，此刻她或許就不會在這裡了。事實是與她交往的男生們都把她當成很好上的女人，最後拋棄了她。

我不想被當成和那些前男友是同一類人。我想讓她幸福……

雖然我有這種想法……

但是到頭來，我並不知道能為她做什麼。氣勢很足，卻空忙一場。

看來我的負面思考模式就是來自這種「缺乏身為男友的自信」。

只不過就算明白這點，我也不知道該如何解決。

「怎麼了，龍斗？」

白河同學不曉得在什麼時候已經結束與朋友的通話，疑惑地注視著我。

「啊，嗯……我只是想起下週有漢字小考，感覺有點糟。」

聽到這句話，白河同學用力地皺起眉頭。

「哇～對耶。真沒勁……人家好不容易才完全忘記的說～！」

「那很好啊。」

「讓人家忘掉嘛～！」

「忘掉就沒辦法準備考試啦。」

我笑著對抱頭哀號的她吐嘈，並將眼前那杯為了裝成熟而點的黑咖啡連同心中的苦澀一同嚥下。

第二・五章　露娜與妮可的長時電話

「啊，妮可～辛苦啦辛苦啦。」
「所以妳今天的約會如何？」
「嗯～剛才在電話裡不是說了嗎？買點東西，喝個茶就回家了。」
「咦，真的這樣就回家了？」
「嗯。」
「他今天真的什麼都沒做？」
「嗯。」
「連一根手指也沒碰？」
「嗯。」
「哦～……」
「……怎麼了？有什麼問題嗎？」
「我稍微思考了一下。」

「嗯？想什麼？」

「我一直在想什麼樣的人適合露娜。」

「咦～什麼意思！人家第一次聽說耶！」

「畢竟妳一點也沒有看男人的眼光嘛。身為好朋友，我很擔心妳呀。」

「妮可～……！」

「所以才會一直偷偷思考這個問題。」

「……結論呢？」

「嗯～我對答案還不太有自信就是了。」

「嗯。」

「那傢伙叫龍斗是嗎？感覺……還滿接近我所想的『適合露娜的男人』。」

「…………」

「怎麼了？」

「沒事……只是聽到妮可說出這種話，讓人家覺得很意外。」

「咦～什麼意思？」

「妳看嘛，龍斗那個人不是很奇怪嗎？」

「嗯——雖然我對那傢伙還不太了解，不過或許比之前的男生好一點喔。」

「啊哈哈，妮可真嚴格呢～」

「這是當然的。我不想再看到露娜哭了。」

「…………」

「不過呢——雖然對他還有很多不清楚的地方，還是希望一切都順利嘍。」

「是啊，人家會努力的。」

「但如果妳覺得和他合不來，就別勉強自己努力喔。露娜太溫柔了，不懂得主動把話說出口。」

「嗯……總而言之呢，人家想要和龍斗交往下去。」

「這樣啊。」

「因為只要和龍斗在一起，人家就感覺很舒適喔。該說是人家可以好好地做自己吧。」

「那真是太好了。」

「這就是所謂『受到珍惜』嗎？還搞不太清楚就是了。」

將耳朵貼在智慧型手機上的月愛仰望著房間的天花板，嘴角浮現淺淺的微笑。

「人家覺得要是能和龍斗順利進展下去就好了呢。」

第三章

白河同學在男女同學之間都很受歡迎。

因此，她理所當然地常常和男生們聊天。

之前我對這種另一個世界的景象沒有抱持特別想法。但如今成為「男友」之後，在下課時間看到那樣的畫面時，我感覺胸口浮現一股不小的躁動。

尤其對方是足球社的陽光型男正式隊員。

然而我無權對白河同學的交友關係說三道四。或許少女漫畫裡的虐待狂型男會說出「不准看我以外的男人」這種話，但對我來說是絕對不可能做到的事。

況且，我並不想改變白河同學。

仔細想想，我喜歡的是在許多男性女性朋友圍繞之下的風雲人物白河同學。這樣的她在與我交往後，變成和我一樣只有幾個同性朋友的邊緣人……我絕對不希望如此。

「不過話說回來，那個足球社的傢伙最近常常跑來和她聊天呢……」

從交往前就在觀察白河同學的我已經大致掌握了經常跟在她身邊的人。剛才所說的足球社員是最近一兩週突然開始接近白河同學的新面孔。

這時，正在和足球社員聊天的白河同學突然轉過頭來，對上了我的視線。

「啊，龍……」

帶著微笑準備開口說些什麼的她注意到足球社員的視線。

「怎麼了？」

「沒事」，她對足球社員的詢問輕輕搖了搖頭。然後再次帶著淺淺的微笑，將視線從我身上移開。

她只是遵照我的要求，在學校不向我搭話。我對她的態度沒有任何不滿。

然而我在此時思考著。如果在大家面前說出「白河同學是我的女友」，是否就能消除胸口這股小小的鬱悶情緒呢？

「吶……那件事應該保密比較好吧？」

當我們三人一如往常地吃著午餐時，我下定決心提出這個問題。

「怎麼啦，吾友？」

阿伊看著我開口詢問，阿仁也擔心地說道：

「你是KEN粉的事嗎？這是當然的啊。雖然KEN在我們之中是神，但對一般人而言別說沒沒無聞了，還是開槍殺人遊戲的前職業玩家這種和殺手沒兩樣的存在。就算ＣＯ了也只會讓班上同學覺得你很噁心喔。」

「才不是咧。話說別用狼人(遊戲)用語啦。」

阿仁明明在我們三人之中是最忠實的ＫＥＮ狂粉，卻會對他的神說出很難聽的話。

「我要說的不是這個……是白河同學和我交往的事啦。」

我壓低聲音說著，兩人的肩膀隨即抖了一下。只見他們瞥了我一眼後互看彼此，滿臉遺憾地垂下眉毛。

「阿加……你還在說這種話啊。」

「這也沒辦法啦。處男就是這樣的生物嘛。」

「什麼意思啊？話說你們也是處男吧。」

兩人完全不在意我的吐嘈，無奈地聳了聳肩。

「聽好了，答應阿加告白的這件事只是白河月愛開的高超玩笑啦。」

「對。你竟然把那種陽光妹的玩笑話當真，到現在還以為自己正在和她交往，這已經不是可憐，而是可笑啊，阿加。」

「咦、咦……！」

可是她每天都有傳ＬＩＮＥ過來，我們週六時還去約會——雖然我想如此反駁，但那兩人似乎聽不進我的辯解。

「你不覺得與其浪費時間作那種蠢夢，不如學我們以頂端KEN粉為目標努力還比較有建設性嗎？」

「沒錯沒錯。現實的女生一下子就不聯絡了。但是KEN不會背叛我們，每天都上傳新的影片吧？」

不對，你真的有和現實的女生聯絡過嗎？——雖然我想這樣吐嘈，不過無論現在的我說什麼，似乎都只會被憐憫的眼神關照，還是閉上嘴吧。

「……算了啦，真是的。」

我小聲地說著，將精神集中到吃便當這件事上。

雖然俗話說出外靠朋友，但在連交往的事實都不被相信的情況下，想找他們商量也沒轍。

◇

我之所以突然在意那個足球社員，又考慮公開與白河同學的交往，起因是週日時發生的一件小事。

星期日……也就是約會的隔天，白河同學如往常般傳了LINE給我。

我回了訊息給她。然而與平時不同，一直都沒出現已讀的標示。理所當然地也沒有回我話，就這樣過去了好幾個小時。當已讀標示終於出現，她也回了ＬＩＮＥ時，已經是四小時後了。

而且在那之後，她對這段期間的事隻字未提。我也沒特別問。然而我想起了她所說過的話。

——星期日人家有事，不過星期六有空。

她有什麼事……？讓無論何時都會立刻回ＬＩＮＥ的白河同學在四小時裡都無法回訊息。那究竟是什麼「事」呢？

當我一開始在意，就再也煞不住了。

◇

放學回家後，我躺在自己房間的床上，悶悶不樂地想著那件事。

退一百步來說，就算白河同學在週日時與男性朋友單獨出門，我也不會介意。不對，其實還是有一點……應該說很在意。老實說我希望她能講清楚說明白。

講清楚總比現在這樣不上不下地搞神祕好太多了。畢竟她的男朋友、她最重要的男人是我……至少我是這麼認為。

「……又來了。」

真難堪。我果然還是對自己沒自信。

我缺乏讓白河同學把我當成男友喜歡的自信。

我從一開始就知道自己對她的感情遠多過她對我的感情。白河同學根本不認識我這個人，只是因為我的告白而使她「稍微喜歡上我」而已。

但是她讓我成為了「男朋友」，能否視為我是比「男性朋友們」更特別的存在呢。對於這點，我還沒有實際的感受。

這完全是因為我的缺乏自信……

「……啊～真討厭！可是以我這點分量，又不能擺出男朋友的架子問她『妳星期日時做了什麼』吧！」

就在這個時候。

放在枕頭邊的手機響了起來。看了一下，螢幕上跳出ＬＩＮＥ的通知。

☆ＬＵＮＡ☆
現在可以來車站嗎？

「咦？」

現在？她想做什麼……我的心臟跳了一下。

「應該不是要說『我們還是分手吧』之類的話吧……？」

◇

當我懷抱緊張的心情抵達K站時，白河同學已經等在驗票口後面了。她似乎也回家一趟，身上穿著迷你裙加露肩上衣的便服。

我用定期票入站，走向了她。

「白河同學，怎麼……」

「鏘鏘～！」

我的話還沒說完，白河同學就學水戶黃門的招牌姿勢將某個東西舉到我的面前。

「咦……？」

仔細一看，那似乎是手機殼。上面印滿了某個眼熟的卡通角色。是白河同學在LINE上經常使用，長相奇特的兔子卡通人物。

「大叔兔的手機殼！原宿的角色商店在開幕後販賣的限量商品。每人限購一個喔。」

「大叔兔……？」

「你不知道『大叔兔兔』嗎？超可愛耶。」

「可愛……？」

我只覺得是臉長得像骷●13的兔子……

「既然妳喜歡，能買到就太好啦。」

「嗯！來，拿去。」

白河同學這麼說著，順手將手機殼推給我。

「什麼？」

「拿去，這是給龍斗的喔。」

「咦？為什麼……」

這不是每人限購一個的限量商品，還是她特別去買回來的嗎？——就在感到疑惑的我面前，白河同學拿出某個東西給我看。

「你看你看，湊成一對了！」

那是白河同學裝在同一款手機殼裡的智慧型手機。

「人家拜託妮可，一起排隊買到的。我們倆從早上就一直在玩遊戲，商店開門前就沒電了。所以到家前都沒辦法回ＬＩＮＥ。」

「啊……」

我發現她說的是星期日的事，這才恍然大悟。

白河同學望著我漾起微笑。

「反正要買新的，人家就想拿和龍斗一樣的款式。你記得嗎？今天是我們開始交往一週的紀念日喔。」

「啊……」

經她一提醒，我想起自己正好是在一週前告白。

雖然我沒有把開始交往一週後的那天當成「紀念日」的概念就是了。

「謝、謝妳……」

我的腦袋塞滿了感激，變得有點恍惚，沒辦法好好向她道謝。

感覺胸口那股直到剛才還存在的鬱悶已逐漸散去。

「……太麻煩山名同學了。妳要是說一聲，我就會陪妳排隊呀。」

「不行！人家想在今天送你禮物當作驚喜嘛。」

說完，白河同學笑了。

「你沒發現吧？驚喜成功嗎？」

看著她開心的笑臉，我的胸口湧出一股憐愛。

「嗯，我嚇到了……」

雖說她之前手機沒電無法聯絡，又沒對此做說明，有許多不對勁的地方令我很擔心。只是看到白河同學無憂無慮的笑容後，我發現根本不需要感到不安。

一週前，我提心吊膽地想著她是不是為了開我玩笑而答應告白，她會不會做出和以前拒絕我的美少女同樣的事而開始了這段關係。很在意那位足球社員，當阿伊與阿仁對交往一事嗤之以鼻時沒有堅持主張「我們真的在交往」。這些問題全都來自我自己沒有身為「男友」的自信。

不過，或許白河同學比我認為的還要重視我這個人。

——反正要買新的，人家就想拿和龍斗一樣的款式。

看到她說這句話時的笑臉，我終於有了這樣的想法。

「……怎麼了，龍斗？」

白河同學的聲音使我回過神來。由於我太過感動，也不管女友就在眼前，一不小心就陷入自己的世界。

「你不喜歡手機殼嗎？不想帶著這種東西嗎？」

面對露出擔心表情的白河同學，我連忙搖了搖頭。

「不是，我很開心喔。謝謝，我會好好珍惜它。」

先不管大叔兔這種東西可不可愛，白河同學在與我的紀念日（？）時送給我和她湊成一對的禮物，坦白說……我開心到不行。

「真的？太好了！」

白河同學開心地笑了。

「那你為什麼剛剛好像在沉思呢？」

「咦？呃……」

我謹慎地從剛才思考的事情中挑選說得出口的話題。

「……那是因為我……以前曾經向女孩子告白過……」

「咦，你說什麼！什麼時候的事？」

白河同學的雙眼突然閃閃發光，整個人湊向我。看來她很喜歡戀愛話題。

「國中一年級的時候喔。」

「對方是什麼樣的女生？和人家很像嗎？」

「不，差很多……是一個黑頭髮的文靜女生。」

「啊～清純型呢。完全不同嘛。」

白河同學立刻就理解了。

「結果那個女生做了什麼嗎？」

「我被拒絕了。她對我很親近，還說了類似喜歡我的話，我還以為那個女生肯定對我有意思……結果是我誤會了。」

白河同學默默聽著我的說明。

「從此之後，我一直對女生缺乏自信。雖然原本就沒多少自信了……因此，我沒辦法相信像白河同學這樣可愛的女生願意讓我當男朋友。」

白河同學眨著眼睛，似乎感到很意外。

「咦，你說什麼？不是龍斗告白的嗎？」

「是這樣沒錯……但我沒想到妳真的願意和我交往。」

實際上是和朋友約定的懲罰遊戲。不過我覺得對她太失禮了，還說不出口。

「即使過了一週，我依然不太能相信……所以白河同學為我準備了這個驚喜，讓我真的很開心。」

「……這樣啊。」

當我說完後，只見白河同學直直地凝視著我。過了一會兒，她輕輕地笑了。臉蛋屬於美女型的白河同學笑起來時變得彷彿小女孩般天真無邪，使她顯得更加可愛。

「龍斗，原來你以前也有對女孩子告白過呢。」

白河同學這麼說著，露出捉弄人的笑容。

「人家以為自己是第一個耶。」

「唔，不過那真的是黑歷史啦。」

「不過～多虧了那個女生，我們才能交往喔。人家得感謝她呢。」

「咦？」

白河同學朝一頭霧水的我露出微笑。

「因為如果那個女生答應，現在還和龍斗交往。你不就不會向人家告白了？」

「嗯，是啊……可是國一生的戀愛不會持續那麼久喔。」

「才沒那種事呢！因為人家的爸爸媽媽就是從國中一年級時開始交往。」

「咦，真假？」

白河同學對吃驚的我用力點頭。

「他們彼此都是第一任，高三時媽媽懷了姊姊，畢業後就立刻結婚了。」

「哦～……」

好猛……從父母那代就是現充啊……話說原來她還有個姊姊，應該是位大美女吧。

「人家以為自己也會是那樣呢……」

白河同學突然望向天花板，輕聲低語。

現在是下班尖峰時間，車站裡擠滿了離開月臺的乘客。人們匆匆穿過驗票口踏上回家之路。在這陣熙熙攘攘之中，我們背靠著牆站在一起。我心裡想著，真虧我們在這種環境下能聊這麼久呢。

「爸爸在國一時向媽媽告白。雖說媽媽對交往這種事不太了解，但因為很開心能交到男友而答應了。所以人家在國一放暑假前被人告白時，就想著會不會和對方結婚。」

「原來如此……」

「所以才會點頭答應呢～只是……」

在那之後的經過，不用說我也知道了。

「…………」

一想到白河同學的前男友，心中仍會有股躁動。這是我的問題。

雖然過了一週後，已經逐漸感受到與白河同學交往的事確實不假，但仍會懷疑「她真的選擇了我嗎？」。

我得振作一點啊。現在與白河同學交往的人……是我啊。

「……我得感謝白河同學的前男友呢。」

我彷彿激勵自己般低聲說著，白河同學「啊」一聲抬頭望向我。

「你抄襲人家的話～！」

看到白河同學嘿嘿笑著吐嘈我，我也回了她一個笑容。

「我只是覺得那句話說得很好喔。」

「真是的～早知道人家就申請專利了～」

白河同學開玩笑地裝出後悔的模樣。

雖然現在比較像是嘴上說說而已。

但總有一天，我將不再懷抱複雜的心情，能夠由衷地感謝白河同學的前男友們……在那之前，或許先保持這樣就行了。

到了那個時候，我的心中一定充滿自信，肯定自己為白河同學所愛，可以抬頭挺胸大聲宣布我就是白河同學的男朋友。

要是有那麼一天就好了。

「……只不過呢。」

此時白河同學突然小聲地說：

「人家的爸爸媽媽最後也離婚了。」

「咦……是這樣嗎？」

對於白河同學的家庭環境，我還有很多不了解的地方。雖然這也是理所當然的事，畢竟這的確並不是能對普通朋友說的話題。然而我連一丁點那方面的風聲都沒聽過。

不過……她特地在切換到其他話題後，再次將話題拉回到家人。

這代表當我思考白河同學前男友的事而沉默不語時，白河同學正在猶豫是否該對我透漏如今的家庭狀況嗎？

一想到這裡，我就覺得她更加惹人憐愛了。

「那妳現在和媽媽住嘍？」

「不是。人家和爸爸奶奶三個人一起住。姊姊直到前年也住在一起，現在則是和男朋友同居。」

「這樣啊。」

這種時候該說什麼才好呢？對我這種身處平凡的核心家庭，與一同居住的親生父母關係良好的人來說，實在掌握不到正確答案。

「不過，還好妳們姊妹沒有被拆散呢。」

我才說完，白河同學隨即臉色一變。

「咦……？」

她對我露出大感意外的驚訝表情。

「咦？」

因此我反倒吃了一驚。

我說錯什麼了嗎？本來以為這是最保險的說法……當我想到這裡時，白河同學立刻撇開視線，嘴角微微一笑後點了點頭。

「啊，嗯。這個，對呀……」

「……？」

怎麼了，這是什麼情況？

此時讓我感到古怪的原因在不遠的將來就會獲得解答。

◇

於是我從這天開始，手機裝上了與白河同學相同的手機殼，展開不方便在學校裡拿出手機的校園生活。

而這樣的我之後遇到了一件更不得了的事。

「從今天開始，本班將多一位新朋友。」

某天早上，導師在班會上的一句話造成教室裡一陣騷動。

「真假？轉學生？」

「是男的？還是女的？」

導師沒有直接回答，而是打開教室的門，朝走廊招了招手。

看到門後出現的人影時，整間教室的人都瞬間倒抽一口氣。

那是一位驚人的美少女。

臥蠶飽滿鮮明的水汪汪大眼，豐潤的玫瑰色臉頰，嘴角上翹形狀優美的嘴唇……在那頭直順的黑色豔麗及肩長髮襯托下，更顯得其完美又可愛的五官有多麼動人。

她長得不高，身材也很苗條，渾身散發出讓男人想要保護她的氣息。

「好扯……」

「是普通人嗎？感覺像坂道家族的人耶。」（註：日本作詞家秋元康擔任製作人的偶像團體）

「太可愛了吧。」

班上同學們一陣譁然，然而我卻是因為其他的原因而吃驚。

「黑瀨……海愛（Maria）……」

我就像是為了確認這個事實般，喃喃唸著導師寫在黑板上的名字。

我認識她。

因為——

——對不起喔，我沒有那種意思……

那道困惑的聲音至今仍徘徊在我的耳邊不肯離去。

——我只是把加島同學當成好朋友……

不會錯的。

這位轉學生就是國一時拒絕我告白的美少女……黑瀨海愛。

「黑瀨同學三年前搬家離開，不過因為家庭的關係決定回到這裡轉入我們的學校。大家要跟她好好相處喔。」

「沒問題！」

聽到班導的話，班上的開心果男生呼吸粗重地舉起了手。

不只是他，整個班上的男生都明顯充滿了恨不得能立刻和她說話的氣氛。

除了我一個人以外。

「黑瀨同學，打聲招呼吧。」

在導師的催促下，黑瀨同學說著「好的」，開口問候：

「時隔三年回到這裡。我對這間學校有很多不懂的地方，還請大家多多指教喔。」

「好～！」

包含剛才那位開心果在內，好幾個男生都舉起了手。

「謝謝，麻煩各位關照了。」

黒瀬海愛、

黑瀨帶著有點害羞的笑容環視整間教室的人，看到一半時……與我對上了視線。

「……………」

有一瞬間，她那張微張著嘴的臉上失去了表情。

雖然她立刻移開視線低下了頭，但看起來對方是注意到了。

場面好尷尬。

以前拒絕我告白的對象竟然轉進了我的班級。而且那場告白還是因為我盲目地認定她喜歡我，自以為是的行動。最後還淒慘地被拒絕。

只不過現在的我已經有白河同學這位我簡直高攀不起的超棒女友，那道心理創傷比以前復原不少了。

對她而言，和我之間發生的事應該也是沒必要特別想起的過去。因此我打算盡量不要和黑瀨同學有所牽扯。

然而事與願違。

「黑瀨同學坐這裡可以嗎？在妳習慣班上的生活之前，先待在這個方便向老師提問的位子吧。」

在導師的決定之下，黑瀨同學的座位設在講桌前，而我隔壁排的學生則是全部往後移動一位。

這代表……黑瀨同學的座位就在我的旁邊。

「請多指教喔。」

就座的黑瀨同學先向另一邊的鄰座男生打招呼。

「啊，好……請多指教。」

他的臉微微漲紅，以陶醉的眼神望著黑瀨同學。

我非常理解那個人的心情。畢竟她真的是一位長相不輸給偶像的美少女。若不是因為以前那件事，我也會有同樣的反應吧。

和男學生打完招呼後，黑瀨同學接著轉過頭來。

來了……

我在心中做好心理準備，低頭裝作沒看到她。

黑瀨同學默默注視了我幾秒。我沒看她，只是有這樣的感覺而已。

「那個……你是加島同學吧？」

我這才不得已抬頭看她。

哇，果然超可愛的……當然，現在的我已經專情於白河同學了。

「唔……嗯。」

我也不能無視她，姑且還是點了個頭。

黑瀨同學隨即甜美地笑了。那是一張可愛到極點的殺手級笑容。若是兩週前的我，應該會瞬間再次落入愛河吧。

「沒想到又坐在一起，真巧呢。請多指教喔。」

「嗯……請多指教。」

我依然簡短地回了一句，再次低頭。

黑瀨同學轉向前方時，坐在後面的女生戳了戳她的背，說了一些話。

「……嗯，對。是同一間國中的。」

聽起來是在問我的事。

我的判斷沒錯，所有人都期望能接近這位轉學生美少女。很難說會不會因為某個話題而暴露我過去告白的事。

感覺還是與黑瀨同學盡量保持距離比較好。

可是黑瀨同學從那之後卻常常找我說話。

「加島同學，早安。」

她每天早上一定會帶著笑臉向我打招呼。偶爾還會稍微碰到我的手臂，發生肢體接觸。

有一天。

「加島同學，要不要嚐嚐看這個。是我昨天做的喔。」

她分一塊從保鮮盒拿出的餅乾給我。

還有某天的數學課時，她說「對不起，我忘記帶課本了。可以借我看嗎？」，將桌子靠過來和我一起看課本。

「……吶，加島同學。」

在老師去教師辦公室拿教材，氣氛逐漸變得鬧烘烘的教室裡，黑瀨同學倚了過來，洗髮精的淡雅香氣刺激著我的鼻腔。

「什、什麼事？」

我在心跳加快的同時，一邊詢問。黑瀨同學以有點內疚的表情悄聲地說：

「那時候對不起喔。」

「咦……」

應該是指拒絕我告白的事吧。當我看著她這麼想時，她繼續說了：

「我沒有討厭加島同學喔，只是那時候還不懂男女交往的事……」

說完，她再貼過來一點，悄悄地說：

「但現在我好像明白加島同學的優點了。」

「咦……？」

我大吃一驚，不禁向後一仰躲開她。

那是怎麼意思？

難道黑瀨同學喜歡我……？

不對，先等一下，仔細想清楚。

黑瀨同學說的是「『明白』加島同學的『優點』」，而且還加了「好像」這兩個字當作退路。萬一這次又會錯意，只會重蹈國一時的覆轍。

話說回來，不管有沒有會錯意，現在的我有白河同學。根本沒必要被她動搖。

黑瀨同學以水汪汪的眼睛注視著我，看起來似乎沒有化妝。但為了斬斷雜念，我盡可能地面無表情開口回答：

「謝謝，但是我已經有女朋友了。」

就在那個瞬間，黑瀨同學大大的瞳眸失去了光采，表情變得很緊繃。

然而她立刻恢復笑容，上半身靠過來問我：

「咦，是這樣嗎？是誰？這個學校的人嗎？」

「呃～嗯，那是……」

我躲開她的視線，不知該如何回答。沒想到她會追問這點。

「吶，有什麼關係嘛。我不會跟別人說的，告訴我嘛！」

「…………」

沒錯，黑瀨同學才剛轉過來，還沒有特定要好的朋友，看起來也沒能說這種事的對象。

如果現在讓她知道我的女友是超級美少女辣妹白河同學，她或許就不會再隨隨便便向我搭話了。

要不要趁這個機會把這件事漏透給黑瀨同學一個人呢……正當我內心動搖時——

「抱歉，久等啦！」

數學老師回來了，閒聊也就此結束。

接著到了下課時間。

我感覺到黑瀨同學從鄰座傳來的視線。

如果她再問我一次，到時候乾脆就說出口吧？

就在我這麼想的時候。

「吶，你就是加島龍斗吧？」

雖然我沒做什麼虧心事，那道充滿壓迫感的女生聲音還是讓我心頭一驚。

我回過頭去，看到一位女生叉開雙腿站在座位的斜後方。

「是、是的……」

我認識她。

沒錯，她就是白河同學的濃妝辣妹好友，「妮可」山名笑琉。

「我有點話對你說。」

「咦……？」

她到底找我有什麼事呢……？

◇

當天放學後。

我在車站前的速食店裡與山名笑琉面對面喝著飲料。

「…………」

山名同學從剛才就默默地吃著薯條，不斷打量我。

比白河同學更偏金色的棕髮，敞開的胸口掛著項鍊，耳洞與鮮豔的造型美甲。她的打扮雖然是辣妹風格，不過那凶狠的眼神看起來又有點像太妹。如果被她單獨約出去，會讓人害怕她是不是打算找人單挑。

由於等了一段時間她還是什麼也不說，受不了這股氣氛的我終於先開口：

「……那、那個，非常抱歉……請問我是不是做錯什麼事……？」

即使知道對方是同年級的，我還是自然地說出敬語。

山名同學隨即抬起眉毛狠瞪我一眼。

「啊？」

那股凶勁讓我渾身發抖，心中湧現想要抱起書包逃離現場的衝動。

不過山名同學卻對怕成這樣的我說道：

「事先聲明一下，我沒有生氣。我的眼神天生就比較凶惡。」

「咦……」

聽她這麼一說，她的眼神雖然凶惡，表情卻沒什麼殺氣。

「薯條冷掉就不好吃了，能不能等到吃完再聊？」

「好、好的……」

於是我一邊吸著奶昔（奶昔和薯條相反，凍得太硬了得放一下，現在幾乎還喝不到東西），一邊等山名同學把薯條吃完。

當薯條盒子終於空了，山名同學用紙巾擦乾淨手指，這才望向我。

「話說喔，下個星期日就是露娜的生日，你知道嗎？」

這句話令我頓時說不出話。

「咦……」

「真假？你果然不知道呢。」

山名同學有些傻眼地看著我。

「生日之類的資料，不是開始交往後第一個會在意的東西嗎？雖說我本來就猜你不會問啦。」

「咦？那是什麼意思……」

聽到我的問題，山名同學朝我瞪了一眼。儘管她依舊沒有生氣，但那凶狠的眼神還是很恐怖。

「你看起來就是一副不太機靈的樣子。」

「…………」

「啊，我不是貶低你喔。畢竟機靈的男生就會偷吃。」

也就是說，山名同學認為我是「不會偷吃的男人」吧。如果是這種意義的話，嗯，感覺也不錯啦……

「這樣你就知道露娜的生日嘍。幫她慶祝一下吧。」

我對山名同學點了點頭。

「啊，是……」

「總之就是這樣，我只是想在露娜不在的地方講這件事而已。」

山名同學一邊說，一邊端走自己的托盤準備起身。我連忙叫住她。

「那、那個！」

山名同學端著托盤站在那邊看著我。

「什麼事？」

對那凶狠眼神感到畏懼的我說道：

「可以麻煩妳告訴我白河同學喜歡什麼嗎？我想在生日時送給她。」

山名同學聞言稍微皺起眉頭。

「自己問啊？你是她男朋友，那樣比較快吧？」

「是這樣沒錯啦……」

我低下了頭，望向自己放在桌上的手機（裝著大叔兔手機殼）。

「……這個手機殼是白河同學送我的。」

「我知道，是我陪她去買的。」

因為山名同學的態度很冷淡，我深深地低下了頭。

「白河同學為了用這個禮物當成交往一週紀念日的驚喜，在那天之前完全沒對我透漏隻字片語。所以我希望這次換我給她驚喜。」

聽到這句話，山名同學對我投來擔心的眼神。

「辦得到嗎？你看起來不擅長那種事耶。就算不用勉強自己，用一般的方法慶祝她就會開心了。」

「我不知道辦不辦得到，但我想試試看。因為我覺得白河同學是一個隨時都想取悅男友的女孩。」

從交往第一天打算讓我和她發生關係開始，白河同學就一直是如此。

「所以手機殼驚喜禮物的點子也是她為了讓我開心而想出來的……我認為這代表白河同學自己就是一個收到驚喜禮物時會開心的人。」

聽到這些話的山名同學放緩了表情，改用試探般的視線望著我。

「……露娜或許說的沒錯。你有點奇怪呢。本來還以為你是個糊塗的男生，卻能說出很那個的話嘛。」

我不知道她是不是誇我，但山名同學稍微揚起嘴角，似乎露出了微笑。

「我明白了。」

說完，山名同學將托盤擺回桌子，重新坐回椅子上。

「我告訴你露娜的喜好。所以你一定要讓她開心喔。」

「好、好的！」

就這樣，我和山名同學召開一場祕密集會——解說白河同學喜好的講座。

◇

第二天。

早上準備上學時，我看到白河同學站在K站的驗票口。

「早啊，龍斗。」

「咦！早……為什麼妳在這裡……？」

「人家在學校沒辦法和龍斗講話吧？」

招呼還沒打完，白河同學就將自己的手機拿給我看。

「這是真的嗎？」

那是LINE的聊天畫面。

露娜優娜小明（3）
優娜　妮可和班上的老土男在麥當●約會耶w　已讀2
小明　真假？超好笑啦　已讀2

看到「優娜」在底下傳的照片，我輕輕地「啊」了一聲。

出現在畫面上的是昨天在速食店聊天的我與山名同學的背影。

「你和妮可見面了？」

「啊，嗯……」

山名同學果然沒有讓白河同學知道呢。

「……白河同學，妳下個星期日有空嗎？」

「咦，你在說什麼？」

白河同學愣了一下。

「吶、吶。先別提那些，回答人家啦。你和妮可聊了什麼？」

白河同學顯得很慌張。

「呃，就是那個啦，妳下個星期日有空嗎？」

我則是拚命地想把話說下去。

「咦，星期日？有空啊，怎麼了？」

「那要不要讓我幫你慶生？」

聽到這句話，白河同學瞪大了眼睛。

「山名同學告訴了我白河同學的生日。」

白河同學嘴巴張得大大的，沉默了一下。過沒多久，她的表情亮了起來。

「是這樣啊！」

剛才的焦急神色很快從她的臉上消失了。

「什麼嘛，早點說就好了呀。」

「啊，抱歉……因為我覺得在講生日的事之前，應該先約妳才行。」

如果不按照腦中事先規劃的流程走就沒辦法好好說話。這是內向的我的壞習慣。

「嗯～好吧。」

白河同學徹底恢復了原先的心情。

我則是鄭重地向她低下了頭。

「我實在太糊塗了……連白河同學的生日都沒有問，對不起。」

「不會喔，人家才應該為在這裡堵你的事道歉。」

說完，白河同學調整了一下書包，腳尖轉向電扶梯的方向。

「那我就先去學校了。被看到走在一起應該不太好吧？」

「啊……嗯，謝謝。」

白河同學對急忙道謝的我輕輕揮了揮手，消失在車站的人群中。

「……白河同學是怎麼啦？」

她離開後，我一邊走向月臺一邊想著。

我回想著拿出ＬＩＮＥ畫面的白河同學臉上的表情。

還有她以為我想轉移話題時的焦躁神色。

那都不是她平時會有的樣子。不太像生氣……比較像內心無法釋懷的表情。

──你和妮可見面了？

──吶、吶。先別提那些，回答人家啦。你和妮可聊了什麼？

難道是……吃醋？

「……不對，怎麼可能。」

白河同學不可能為了我吃醋。雖然當她以後喜歡我到會吃醋的程度的時候，我會很開心就是了。

不要急，慢慢來。一步步加深與白河同學的感情。

也是為了這個目標，我打算在下週的生日約會時讓白河同學開心。還有一週的時間，我要好好規劃出完美的計畫。

我暗暗地鼓起心中的幹勁，隨著人群坐上了電車。

◇

時間來到白河同學的生日當天。

為了這天，我在這一週裡把能做的事都做了。

以從山名同學那邊聽來的白河同學喜好為參考，我放學後幾乎每天都獨自上街實地勘查現場，進行約會的準備。

我也在昨晚一到換日時分就用LINE傳了恭喜的訊息給她。

初次約會地點是交給白河同學挑選，所以這是我首次主導約會。

「早安～龍斗！」

我和白河同學在A站裡碰面。為了避免她昨晚和山名同學電話講太晚而睡眠不足，集合時間定在十一點。

今天白河同學的打扮也很可愛。粉紅色的緊身迷你裙，胸口開著菱形洞、故意露出乳溝的高領上衣，厚底高跟涼鞋，銀色的手提包也很有辣妹感。

「今天去哪玩？」

白河同學一邊往月臺走，一邊問我。

「嗯，我打算去原宿，如何？」

聽到這個回答，白河同學的眼睛就變得閃閃發亮。

「真的嗎！超想去的！人家愛死原宿了～！」

看著開心的白河同學，我想起山名同學所說的話。

——說到露娜喜歡的地方，那就是原宿了。如果不知道該去哪裡，只要去原宿或澀谷就會讓她嗨到極點。

真的耶……

這場約會很快就開始讓我有成就感了。

抵達原宿時，我先前往某一家店。

那是一間位於充滿年輕人的竹下通旁邊的小巷裡，店門口不大的咖啡店。

「來，請用。」

我在店外遞給白河同學的是那家店的招牌珍奶。

「謝謝！……嗯～好喝～！」

白河同學喝了一口，眼睛立刻變得閃亮。

——露娜超喜歡珍奶，無論幾杯都喝得下。雖然呢～我們沒什麼錢，每次都只喝一杯就是了。

「珍奶果然超棒的——！謝謝你，龍斗！」

山名同學說的沒錯，白河同學看起來非常高興。

「多少錢？這杯人家來付。」

她打算從自己的提包裡拿出錢包，我揮手制止了她。

「啊，不用，沒關係啦。我來付。」

「咦，可是——」

「今天是妳生日……我請客。」

我的話讓她皺起眉頭稍微煩惱一下後……

「……那麼，多謝招待！謝謝你，龍斗！」

換上開心的笑容對我道謝。

我看著對此欣喜的她，從自己的側背包裡拿出一張紙。

「嗯？那是什麼？」

「白河同學，這杯珍奶喝起來怎麼樣？」

「唔，就很好喝啊？」

此時我攤開了紙。

那是列印的原宿地圖。上面以紅色筆跡圈出各家珍珠飲料店，空白處則寫著實際喝過的感想與味道的分析。雖然用智慧型手機做也行，不過寫在紙上比較像小學的自由研究作業，很有充實感。

「哇，那是什麼好厲害喔！」

白河同學湊過來看著我的心血結晶，面露驚訝。

我不知道在這一週裡喝了多少杯珍奶，不用定期票前往原宿的交通費和飲料錢花掉我不少壓歲錢。剩餘的錢則是為了今天的約會而帶在身上。

「妳剛才喝的珍奶雖然奶味濃郁但茶香也很明顯。珍珠的大小與口感適中，綜合來說各項特色是最均衡的。所以我讓妳喝的第一杯是它。」

我一心想著儘快展示這一週來的成果，不小心說得太快了。雖說擔心她會覺得我很噁心而想停下來，我卻越來越投入，說話速度越來越快。

「以這杯為基準。想要喝整體甜度更高的，我會推薦『珍奶怪獸』。若喜歡凸顯茶味口味清爽的奶茶可選『香茶樓』，如果偏好有嚼勁的珍珠，就去『PRUPRU』吧，但得走一點路。如果沒有堅持一定要喝奶茶，我也很推薦『老虎咖啡廳』的黑糖牛奶喔。」

糟糕，邊緣宅宅的奇怪開關啟動了。即使我很想停下這種噁心的舉動，不過既然來到這個地步，我就不受控制地只想展現自己所有的知識。

「說到底喔，我懷疑最適合珍珠的飲料真的是奶茶嗎？珍珠原本就沒味道，即使以黑糖燉煮之類的方式調味，也很難讓味道滲到最裡面吧？再加上因為有彈性，會在嘴中嚼很久吧？也就是說，絕對會有失去味道的瞬間。我認為就是為了補足這點才會做成和奶茶這種液體一起喝的形態，可是奶茶也有極限吧。因為奶茶單喝也很美味，是完成體的飲料吧？就算做出甜度高一點或奶味濃一點的調整，仍沒辦法完全擺脫原本的樣貌。頂多是在『當成奶茶來喝也很美味』的範疇之內。因為那就是『奶茶』。只要還冠上『奶茶』的名字，就有著身為『奶茶』的自尊。但是，我覺得真正適合搭配珍珠的，應該是口感更濃稠，味道更甜的飲品。在這層意義上，我反倒覺得一九九〇年代流行過的珍珠椰奶在甜品層面的完成度更高。我也是在這次的研究時才知道這個東西。去超市找來喝過以後，發現那種椰奶濃郁香甜。而且因為是小珍珠，有相當好的點綴效果。作用與濃湯上的麵包丁類似。那種麵包丁也是幾乎沒味道。但我們可以在對整碗味道都一樣的湯感到膩了的時候，嚐一點麵包丁中和鹹味、享受口感吧？對比之下，我認為幾乎所有珍奶裡的珍珠與奶茶都很難說是最佳拍檔。我覺得目前流行的珍珠飲料中最好喝的是黑糖牛奶。雖然那種在新鮮牛奶中溶入濃稠黑糖的飲料非常甜膩，但因為珍珠即使以黑糖燉煮，多嚼幾次後仍會失去味道，那樣的甜度反而恰到好處。是這次我最推薦的選擇。」

當望著自己帶來的珍奶杯滔滔不絕的我說到這裡時，這才赫然回神。我抬了眼，只見白河同學一臉目瞪口呆的模樣。

「啊……」

搞砸了。

糟糕……這已經不只是普通噁心，而是讓她想退後到地球另一側的程度了……

正當我臉色蒼白地這麼想著時，白河同學努力抬起嘴角硬擠出微笑，開了口：

「好……好厲害喔，龍斗。你這麼喜歡珍奶呀？」

「咦？唔、嗯……啊，不是。」

這不是什麼必須說謊的事，所以我老實回答。

「我聽說白河同學喜歡珍奶……為今天的約會做了研究。因為這附近有太多家珍珠飲料店，我想帶妳去找適合妳口味的店……」

「咦，那麼你是為了我而做的嗎？」

感覺白河同學聽到這句話後眼睛瞬間亮了起來。

「嗯，是啊……只不過好像做過頭了……」

「就是說呀～！」

縱然她的話使我心一驚，白河同學的臉上卻掛著笑意。

「倒是很好笑啦。已經變成珍奶評鑑了呢！一般來說會做到那種程度嗎？」

白河同學交互看著地圖與我的臉，笑了出來。

喝的的第一杯是它。以這杯
的，我會推薦『珍奶怪獸
奶茶可選『香茶
RUPRU』吧
奶茶，我也
喔，我懷
沒味

「可、可是畢竟我沒辦法逛完每一家標記的店，所以也有參考網路感想或部落格文章喔。」

「那也很不容易吧？其實也沒必要為我做到那個程度啦。」

被臉上依然殘留著笑意的她這麼一問，我也笑了。

「說、說得對。我也是這麼想的……不過……」

之所以做到這種地步，是出於一個更純粹的動機。

「……我希望自己能徹底愛上一項白河同學喜歡的事物。」

雖然有點做過頭了……我低下頭在心中自我反省。

過了一會兒，白河同學一點反應也沒有。這不禁令我好奇地抬起頭，接著我體認到自己真的搞砸了。

白河同學嘴巴微張僵在原地，愣愣地望著我。那張表情看似傻眼地說不出話，又像是大吃一驚的樣子。

怎麼辦……她可能被我這種處男味太重的噁爛說詞嚇到了。

那段話有那麼沉重嗎……現在是不是該說點玩笑話緩和氣氛比較好呢？

就在我邊這麼想，邊忐忑地望著她時。白河同學的表情隔了一拍後變了。

她的臉頰泛紅，嘴角欣喜地綻開。

「咦……？」

她不是覺得噁心？

當我對此感到動搖時，白河同學帶著微笑開口：

「真的？這是第一次……有人對人家說這種話。」

害羞地說著這種話的她天真又可愛，看起來與那身濃妝辣妹的打扮一點也不搭。

「……謝謝你，龍斗。」

見她輕聲道謝的模樣，我擺脫了不安，胸口一陣溫暖。

白河同學對我露出了最燦爛的笑容。

「今天的珍奶感覺是人家喝過最好喝的！」

在那之後，我們在原宿地區逛了一家又一家的珍珠飲料店。

白河同學對珍奶真的來者不拒。無論是哪間店的珍珠飲料，她都能整杯喝光。

「吶吶，龍斗不喝嗎？」

「我已經在剛才那間店喝過了……」

「可是這杯也很好喝喔。」

「呃，肚子裡面已經都是水了。」

白河同學明明穿著那麼緊的連身裙，為什麼喝這麼多都沒問題？剛才攝取的水分都吸收到哪裡去了？

「嗯～真拿你沒辦法。那人家這杯分你一口。」

白河同學說完，就把她正在喝的珍奶飲料杯遞過來。

插進飲料杯的吸管上還沾有亮粉的紅色唇蜜。

面對突如其來的間接接吻機會，我的心跳速度猛然竄升。

「……不喝嗎？你有那麼飽喔？」

見我沒有反應，白河同學問了一聲。

「沒、沒有……我要喝，謝謝。」

我連忙接過杯子含住吸管。

「如何？奶蓋和岩鹽超神的對吧？果然加配料是正確的！」

「……是、是啊。」

老實說我太緊張了，根本喝不出什麼味道。

白河同學拿回我還給她的杯子，湊到吸管上喝了一口。

唔哇，互相間接接吻耶……

不過，應該只有我在意這種事吧。對白河同學而言，那或許是和男性朋友在一起時也會無意識做出的行為。

這麼一想，我就感到有點失落。

白河同學則是看著我壞壞地笑了一下。

「是間接接吻呢。」

「咦……咦！」

時間差攻擊太卑鄙啦，白河同學！

「啊～龍斗，你臉好紅喔～！」

白河同學逗著突然害羞起來的我，笑了出來。

宛如直接從辣妹雜誌走出來的正牌辣妹白河同學與毫不起眼的我，這對組合在路人眼中或許看起來一點也不匹配。

但此刻，我對於自己能和她在一起感到無比的幸福。

◇

當我注意到的時候，我們已經跳過了午餐和下午點心，連續逛了多達六家的珍珠飲料店。令人吃驚的是，白河同學在每間店都獨自點了一杯珍奶，還都喝光了。

「啊～珍奶喝得超充實的！謝謝你，龍斗！」

「不用再逛珍奶店了嗎？」

「嗯，喝這麼多也夠了。人家是第一次這麼滿足呢～」

正如同白河同學所說，她的臉上掛著滿足的微笑。

不知不覺間，時間已接近傍晚六點。珍奶並不好買，無論去哪間店都得排隊，差別只有排得快或慢而已。我們還到了更遠的澀谷附近。來來去去花掉不少時間。

「接下來……」

雖然上一次也是這樣，我決定這次約會在太陽下山前就回家。畢竟雙方都是未成年的高中生。我認為這是「珍惜」白河同學的一種方式。

其實我很想做色色的事情……唉，要是當初在白河同學的房間做下去就好了……這股後悔到現在還是會湧上我的心頭。

但今天是白河同學的生日，我決定只做她喜歡的事。首先去喝珍奶……

「啊！」

就在這時，我突然想到一件事。

「怎麼了，龍斗？」

「…………」

禮物。我還沒買禮物。

——禮物這東西，當天問露娜想要什麼再買給她就好了。每個人對首飾或穿搭配件的喜好都不同。就算一樣是女生，我也很難挑出她喜歡的東西。不過，如果你對自己的品味很有自信就另當別論了。

當然我根本沒什麼自信，所以打算按照山名同學的建議請白河同學自己選。

首先讓她盡情品嚐珍奶……計畫是如此，可是我沒想到逛珍奶店就逛到這麼晚。

還有一個問題。

當我打算檢查預算，在白河同學的視線死角打開錢包時，這才發現手上只剩正好一千日圓。

「不會吧……」

我明明帶了一萬日圓出門，怎麼會變成這樣……珍奶太貴了。

「那個……白河同學。」

我怯生生地開口：

「抱歉……我本來想讓白河同學挑選生日禮物……可是我只剩一千圓了。如果不嫌棄能用一千圓買到的東西，妳想要什麼嗎……」

雖然很丟臉，我還是老實說了。

「咦？」

白河同學驚訝地張大了眼。

「人家已經收到禮物了喔。你不是買珍奶請客嗎？」

「哎，可是，我還想送實物……」

「那就給人家這個吧？人家只要這張地圖就好了。」

白河同學這麼說完，便從我手上拿走那張紙。

那是用來當作今天一整天行程的參考，我親手製作的珍奶地圖。

「這個很厲害喔，世界上只有這麼一張。而且今天喝的珍奶全部都超美味，多虧龍斗事先做過調查呢。」

白河同學看著摺起來的地圖，露出喜悅的微笑。

「這是第一次有人為了人家做這種事……所以想要拿來當紀念。算是龍斗為了人家盡心努力的愛的證明吧？」

這句話讓我感覺胸口暖暖的。

「白河同學……」

「人家會小心保存它。下次能再一起過珍奶約會嗎？」

她抬眼注視著我，我則用力地點了頭。

「當然沒問題……啊，到時候得更新地圖呢。搞不好有新開的店。」
看到開心地回答的我，白河同學哈哈笑著。
「謝謝龍斗。」
她這麼說著，對我露出閃閃發光般的笑容。
「這是最棒的十七歲第一天！」

◇

就這樣，生日約會成功落幕。
換週後的星期一，我的腦袋裡比平時塞滿了更多白河同學的事。
喝著珍奶，以軟軟的笑容說「好喝～！」的白河同學；露出靦腆微笑的白河同學；各式各樣白河同學只給我看的表情……
白河同學身上好香。有著和那個房間同樣的味道……啊，果然應該在那個時候答應更進一步的……
我恍恍惚惚地胡思亂想到一半，卻發現已經不知不覺下了課，進入午休時間。
我未免太恍神了吧，這種狀況是第一次……當坐在位子上的我逕自感到慌張時——

「吶，加島同學。」

我轉頭面向鄰座，朝發聲音的方向望去，發現黑瀨同學正看著我。在夏季制服外穿著針織外套她兩手倚著下巴，被刻意凸顯的過長袖子十分可愛。不過，或許是因為她身材嬌小才會看起來如此吧。

「什麼事？」

當我這麼一問，她便露出別有深意的微笑。

「加島同學的女友是誰呀？我還是很在意，告訴我嘛。」

「啊……」

是這件事啊。

之前我打算說出口時，因為老師回來而被打斷了。

「其實是……」

這時，我突然想起白河同學給我看的ＬＩＮＥ畫面。

> 妮可和班上的老土男在麥當●約會耶w
> 真假？超好笑啦

「…………」

我這種男生和漂亮的女生感情要好的模樣，似乎對於她們而言是「好笑」的事。

既然如此，萬一和我交往的事被發現了……

萬一這件事曝光，白河同學將成為笑柄。

比起我只是被人說「配不上」，她的遭遇會比較慘。

「……我還是不能說，抱歉。」

對黑瀨同學道歉後，我離開了座位。

既然這件事被大家知道會很麻煩，意味著最好也不要對黑瀨同學說。

不能為了自己的炫耀欲望而對白河同學造成困擾。

我是這麼認為的。

第三・五章　黑瀨海愛的祕密日記

加島龍斗這個人真的很煩。

轉學一週後，班上的男生幾乎都成為我的俘虜，卻只有那傢伙頑固地不肯屈服。或許是因為被拒絕一次而提防我，但這樣下去就沒辦法完成我的計畫了。

而且他還很自以為是，明明就沒有什麼女朋友嘛。證據就是他根本說不出女朋友是誰。那種沒女人緣的邊緣人竟然想裝成一副了不起的樣子，實在氣死人了！不管之前怎麼樣，你現在只要閉上嘴乖乖再被我迷倒就夠了。

說到氣人的傢伙……還有那個女人。

我今天聽到男生在教室角落的閒聊。

有人說「黑瀨同學雖然可愛，但我還是最想和白河同學交往呢～」，笑死了！那種婊子有哪裡好？而且竟然還有很多男生贊同。

白河月愛這個人真的很礙眼。

我必須成為第一名才行，最受人喜愛的應該是我。

之前的學校是如此，國中時也是如此。

「最想交往的對象是黑瀨海愛」。

我會讓所有男生都這麼說。

為了這個目標……給我看著吧，白河月愛。

我這次會從妳身上搶走一切。

如今的我……已經不是那時候的我了。

白河同學的生日約會順利結束之後過了一段時間。我一邊沉浸於讓白河同學開心而帶來的喜悅，一邊過著順遂的校園生活。

然而就在最近。

我感覺白河同學身邊的氣氛出現了細微的變化。

在交往前我就已經是白河同學觀察家，開始交往後仍會一不留神，眼睛就追著白河同學跑。

所以我對她周遭的氣氛很敏感。

雖然白河同學為人隨和受到大家的喜愛，不過班上理所當然地也有缺乏勇氣不敢主動找她攀談的人。就像不久之前的我那樣。

首先感受到的變化，是那種學生變得比平時更加在意白河同學。

「白河同學的事……你聽說了嗎？」

「啊～嗯。」

「那件事是真的嗎？」

「不知道……」

他們就像這樣，比過去更常竊竊談論這類話題。

下一個變化，出現在會正常向白河同學攀談，但與她沒有特別交情，屬於班級金字塔階級的中間族群身上。

他們則是開始對白河同學投以好奇的眼光。

「吶，你聽說那件事了嗎？」

「嗯，要不要去問問看，確認是不是真的。」

「呃，再怎麼說也不能問當事人吧。」

「也是呢～」

……到底是怎麼回事？

基於這個疑問，我開始更注意白河同學周遭的狀況。

於是注意到了一位男生。

就是最近經常找她說話的那位足球社員。

「可以來一下嗎？」

某天的午休時間，那傢伙將白河同學找到教室外頭。

「唔？怎麼了？」

白河同學雖然感到疑惑，還是跟了過去。

兩人前往的地點是附近的空教室。

我急忙追上兩人，透過門縫偷看裡面的狀況。並做好隨時都能立刻衝進去的心理準備，以防那個足球社員有什麼不軌的舉動。

「所以怎麼啦？」

白河同學毫無緊張感地笑著。我認為無論面對男女都能保持相同的態度是她的優秀之處。當我觀察其他同學時，意外地發現很少有人能做到這點。

足球社員對她這麼說了：

「要不要和我交往？」

「……！」

巨大的衝擊使我的眼前一片空白。

雖說我本來就在懷疑是這麼一回事了，他果然想追白河同學……

白河同學會怎麼回答呢？

正當我心裡這麼想著，吞了吞口水時——

「人家已經有男友了，抱歉。」

她淡淡地這麼說。

「咦？」

足球社員大吃一驚。

「我聽小明說妳最近都是單身耶。」

「啊……對了，我沒對小明說過。」

臉色越來越難看的足球社員詢問苦笑著的白河同學。

「……那個男友是誰？這個學校的嗎？」

我緊張了一下。

白河同學面有難色地發出「啊……」一聲，表情變得很僵硬。

「……不告訴你。」

呃，那種反應不就等於說出「是這個學校的」嗎！

「是誰？哪個社團的？」

不出所料，那個足球社員繼續追問下去。

「那不重要啦。」

白河同學想敷衍過去，卻一點用也沒有。

「為什麼說不出口？是不想讓別人知道的對象嗎？」

足球社員的話又讓我緊張地心臟噗通跳了一下。

白河同學之所以不透漏我的名字，當然是因為我拜託她別說。

但是，或許白河同學內心認為說出我是男朋友是一件很羞恥的事。畢竟那個男生是一位陽光型男，從旁人的角度來看確實與白河同學很登對……

就在這個想法讓我再次稍微陷入失落時——

「不是喔。」

白河同學說了。

「人家覺得說出口一點也沒問題。但他是個非常怕羞的人，所以不太希望交往的事洩漏出去。」

「那是什麼莫名其妙的要求？」

然而足球社員對此無法信服。

「有哪個男生不想讓別人知道和露娜交往的事？該不會……是班上那些長得不怎麼樣的傢伙吧？」

我被他說中，心臟噗通地跳了一下。

「唔，不過那種傢伙也不可能和露娜交往……吶，至少告訴我他的社團吧？應該不是我們足球社的吧？」

「嗯，不是足球社的。」

「那就是籃球社？」

「不是。」

「網球社？」

「不～是。」

喂，白河同學！那是猜到正確答案的時候，妳會說出「不告訴你」，反而讓答案曝光的伎倆啊！

快注意到啊！

「難道是回家社？」

「唔～你說呢？不告訴你！」

「……是回家社啊。」

妳看吧～！

足球社員漂亮地找到正確答案。

「既然沒加入社團，那就是一點長處也沒有的傢伙嘛。那種男生有什麼好？」

不，如果有「遊戲實況影片同好會」這種社團，我還是會加入的喔……

而且話說回來，那種把社團當成人生一切的看法讓我有點不爽。

「不過嘛，我能體諒露娜不想說的心情。若是和那種無聊的傢伙交往，一定會恥於說出口吧。」

你很會講喔，足球社的……

或許他是因為被拒絕而懷恨在心。但被貶成這樣，我真的生氣了。

另一方面，我又因為無法完全否定他的說法，陷入對自身信心不足的自我厭惡。

的確，我覺得這個足球社的男生比較適合當白河同學的男朋友。實際一看，我必須不甘地承認他們確實很登對。

白河同學或許也這麼認為。畢竟她的前男友們全都是這種陽光型男……

想到這裡，我就十分難過。

「不會喔。剛才不是說過嗎？人家認為說出來也沒關係喔。」

白河同學平靜地回答足球社員。

「而且回家社的也是很好的人，像人家就是回家社的。」

「呃，不是……」

那個足球社員沒料到自己的話貶損了白河同學，正想找藉口辯解時，白河同學打斷了他。

「人家不會覺得他很無聊，那是人家自己決定交往的對象。不過如果他不想曝光，我認為就應該重視他的想法。」

白河同學這麼說，臉上泛出溫柔體貼的微笑。

「就算被全世界知道人家和他交往，人家也不會感到羞恥喔。」

白河同學……

胸口一陣暖意。她對足球社員講出的那些話讓我心中湧出滿滿的愛意。

她是多麼好的女朋友啊。真的是全世界最棒，簡直是讓我高攀不起的女孩。

我對受到那位足球社員所說的話影響，有那麼一瞬間冒出「白河同學該不會不想暴露與我的關係吧」這種想法的自己感到羞恥。

白河同學竟然對別人……而且還是向她告白的帥哥型男如此評價我。

我……不就應該多給自己一點自信嗎？要大聲告訴自己白河同學選擇了我，成為「白河同學的男友」。

正當我這麼想的時候。

「我明白了……那等妳換掉他之後，就來找我吧。」

足球社員露出壞心眼的笑容說道。

「妳打算從那傢伙身上榨錢，榨乾之後就換掉他改找別的男人吧？」

「啊？你在說什麼？」

「大家都在傳喔。的確，回家社的人應該有在打工，錢應該很多吧。」

「啥？」

白河同學的臉上浮現怒意，但足球社員只是怪裡怪氣地笑了笑，離開教室。我連忙離開門口，裝成偶然經過的路人。

此時，一群同年級學生們的對話傳入我的耳裡。

「你們知道……白河月愛這個人嗎？」

「啊～我聽說過。就是那個利用完一個男友就換另一個的心機婊吧？」

「不過她長得那麼可愛，可以接受啦。」

「我也好想被玩完就丟掉喔～！」

一個人開玩笑地大喊，逗得其他男生哈哈大笑。

又有另一群女生團體在談論白河同學的話題。

「白河同學的男友那麼有錢啊？」

「人家去年和她同班，但也不知道白河同學的男友是什麼樣的人呢。她好像是和其他學校的人還是大學生在交往喔。」

「哦～不過只能持續兩三個月吧？」

「她明明長得那麼可愛，每次交往時間卻只有幾個月。這代表……」

「果然是那麼一回事吧，謠言是真的呢～」

「啊，糟糕。」

這時，其中一位女生朝我的方向露出驚慌的模樣，一行人連忙進入教室。

我回頭往後望去，看到剛從空教室走出來的白河同學。不知道是不是聽到有關自己的謠言，她整個人愣在原地。

「白河同學……」

我不禁靠過去向她搭話。白河同學這才注意到我，露出了笑容。

「龍斗。」

然後對想要說些什麼的我表示：

「不知道為什麼，好像有人在傳奇怪的謠言。」

「是啊……到底是誰做這種事……」

「別擔心！」

白河同學打斷我的話，開朗地笑了。

「謠言只是謠言，人家一點也沒有在意喔。」

她這麼說著，走過我的身邊回到教室。

那個背影看起來是前所未有地脆弱，令我非常難受。

「那些謠言到底是怎麼回事。是誰散布的……？」

白河同學從男朋友身上榨取金錢，花光他的錢後就換下一個男人？

「哪有這回事……」

我是最清楚的。

——那就給人家這個吧？人家只要這張地圖就好了。

將那種換不了半毛錢的手繪地圖當成生日禮物收下，開心地對我笑的白河同學。

——拿去，這是給龍斗的喔。

不惜用掉自己的零用錢，買下和她同一款式手機殼給我的白河同學。

不可能為了錢而和男生交往。

說到底，如果是以錢為目的，她就不可能和我看起來很窮的邊緣男生交往。雖然由我自己說出這種話還滿可悲的。

究竟是誰在散布那種無憑無據的謠言？

我絕對不會原諒他。

我打從心底這麼想著。

◇

與那類謠言開始流傳的同一時期，黑瀨同學的人氣在班上迅速竄升。

「黑瀨同學真不錯呢～」

一到下課時間，教室裡的男生們就會找她聊天。

只要稍微觀察一下黑瀨同學，就不難明白箇中原因。

某次下課後的休息時間，黑瀨同學弄掉了筆記本。斜後方的男同學撿起來準備還給她。

這時，起身離座打算撿筆記本的她正好碰觸到拿起筆記本的男同學手臂。

「啊，對不起喔……謝謝。」

她以稍微彎腰壓低身體的姿勢抬眼望向男同學。

「不、不會，沒關係啦。」

男學生紅著臉別開目光。

還有另一次。

某天我和黑瀨同學依照座號順序當上值日生。上午的班會結束後，老師隨即指派我們將全班的健康狀況紀錄表搬去教師辦公室。

「你們兩人各拿一半吧。」

雖說是全班的量，那也只是每份夾著幾張記錄紙的紙檔案夾，沒有多重。由於男生人數比較多，若由我拿男生的份，黑瀨同學拿女生的份，應該剛剛好。

「嗚～好重喔～……」

黑瀨同學皺著眉頭，搖搖晃晃地走著。

「咦？會重嗎？」

雖然嬌小的黑瀨同學所搬的那一大疊檔案夾確實看起來很重，不過實際上應該不重才對

——正當我這麼想的時候。

「我來拿吧。」

班上的男同學自告奮勇拿走了黑瀨同學手上那疊檔案夾。

「咦？根本不重嘛。」

「咦～是嗎？」

黑瀨同學露出驚訝的表情。

「齋藤同學的力氣好大喔。那對女孩子很重耶～」

「是嗎？」

齋藤滿臉飄飄然的神情，幫忙將檔案夾一路搬進教師辦公室。

完成任務兩手空空的齋藤先行離去，向老師回報後的我與黑瀨同學走在回教室的路上。

「值日生在放學回家前得先寫完日誌吧？」

我對提問的黑瀨同學點了頭。

「是啊。」

她接著又露出傷腦筋的表情。

「我今天放學後有事耶……怎麼辦……」

「日誌那種東西隨便寫寫就好啦，兩分鐘就解決了。」

如果是國一時的我，想必會興高采烈地說「我來寫吧」。就像撿筆記本的男同學跟齋藤那樣。

不過，這個女孩肯定就是那種人。該說是容易勾起男人的保護欲，或是會下意識地展現讓人會錯意的態度呢……總之並非只對我如此。

由於有被她拒絕過的不愉快經驗，再加上對白河同學的感情升溫，現在的我可以冷靜地與黑瀨同學相處。

「…………」

黑瀨同學低著頭，沉默了一段時間。

「……嘖。」

咦？她剛才是不是嘖了一聲？

是、是我聽錯了吧……

當我這麼想時，黑瀨同學抬起了臉。

「加島同學，你果然還在恨我吧……？」

淚光在那對有如吉娃娃的大眼睛裡打轉，使我不禁慌了手腳。

「咦？什麼？」

「因為我以前沒有回應加島同學的感情……你就欺負人家嗎？」

「不，沒有那種事，真的！」

咦？她為什麼說成這樣？就因為我不幫忙寫日誌嗎？

「好吧，日誌都交給我寫吧。」

我怕萬一弄哭黑瀨同學會被男生們圍毆，連忙這麼說。

「真的嗎？」

黑瀨同學的表情立刻笑逐顏開，嘴角泛出天真的微笑。

「加島同學好溫柔喔……」

她別有深意地緩緩眨了幾次眼，抬起眼睛望向我。

「我喜歡這樣的人。」

「咦……」

我之所以會不小心叫出聲，是因為她這次沒有加上「好像」這個退路。

不對，冷靜下來。一來這個女孩是那種人，再說我已經有白河同學了。

黑瀨同學似乎很享受我的狼狽模樣，滿意地露出微笑。

「但是沒關係啦。我也會一起寫日誌。」

「咦？」

「那我先走嘍。」

望著她說完話後一個人快步走開的背影，我只能一臉茫然地目送她離去。

「是怎樣啊……」

就在這時。

感覺到視線的我回過頭，看到白河同學站在面前。

「啊，龍斗……」

白河同學帶著罕見的嚴肅表情掃視了四周。確定沒有人注意後朝我走近一步，開口說道：

「值日生的工作？」

「嗯。」

「……和黑瀨同學一起？」

「唔，嗯。」

「你還好吧？」

「咦？」

還好什麼……正當我感到疑惑時，白河同學又走近了一步，壓低聲音說：

「人家有件事必須告訴龍斗……」

「嗯，什麼事？」

當我反問回去時——

「啊，露娜在那裡～！」

「終於找到了～！妳在做什麼啊？」

走廊另一端的漂亮女生集團朝白河同學呼喊，白河同學則是打哈哈應付過去。

「啊……嗯！」

她回應女生集團後對我露出不好意思的表情。

「抱歉，龍斗。下次再說……」

「沒關係，妳走吧。」

送走白河同學後，我變回了一個人。

——人家有件事必須告訴龍斗……

「……是什麼事呢？」

我似乎第一次看到白河同學露出那樣的表情。

最近校園裡流傳著她的負面謠言，會跟那些謠言有關係嗎？

即使下一堂課開始，我仍因為在意白河同學所說的話，不斷沉浸在思考之中。

◇

當天的放學後。

大部分學生們還逗留於教室沒有回家時，我從鄰座的黑瀨同學手上接過日誌。

「拿去，加島同學。」

仔細一看，日誌今天的欄位已經仔細地寫好一半，內容也很整理地很好。

什麼嘛，她寫得很完美啊……

「那等我寫完後就會交出去，妳可以先回家嘍。」

由於她提過有事得先走，於是我對她這麼說。然而黑瀨同學卻湊過來說「吶，先別管那些，你知道那件事嗎？」。

「呃，知道什麼？」

「白河同學的本性。」

「咦……」

我的心一緊，不禁當場愣住。

白河同學還待在教室裡與山名同學開心地聊天。

該不會就是那個謠言吧。

當我沉默下來時，黑瀨同學面露喜色地貼到我的身邊。

「你聽我說喔，我姊姊的學弟是白河同學的前男友。」

內心深處閃過一股刺痛。

白河同學的前男友。

平時我盡可能不去想那些人。但聽到這個幾字如此自然地從她的嘴裡說出，讓我理解到他們確實存在這個世界上。

「……那個人怎麼了嗎？」

我盡量冷靜地提問，黑瀨同學則是看到我表示興趣後滿意地露出微笑。

「那個人說他和白河同學交往的時候感覺很累。她只顧自己不管男方的心情，還認為約會時男生就該出錢，總之就是很任性的傢伙。」

聽到這些話，我腦中最先浮現的是一個巨大的問號。

「……妳說的真的是白河同學嗎？」

對於我的問題，黑瀨同學用力地點頭。

「當然啦。前男友本人都這麼說了，絕對不會錯。」

「…………」

如果真是如此，就是那個前男友在說謊。

白河同學不可能有那些行為。

——多少錢？這杯人家來付。

即使是自己的生日，白河同學仍理所當然地打算出自己的飲料錢。那樣的她是不可能有「約會時男生就該出錢」的想法。

而且說她很任性？白河同學明明是連對我這樣的男友都能表現體貼，想要讓我開心的女孩啊。

不過，這下子我終於找到最近那些白河同學的難聽謠言是來自何處了。

「黑瀨同學。」

「嗯，怎麼了嗎？」

黑瀨同學尚未察覺我語氣中的怒意，依舊愉快地望著我。

「妳對其他人也說過那些話了嗎？」

「咦？」

黑瀨同學這才注意到到我的變化，表情變得有點僵硬。

「為什麼這麼問？唔，嗯……我忘了。但這是事實，你不覺得應該讓大家都知道嗎？」

「…………」

她恐怕就是用同樣的方式，對其他同學煞有其事地灌輸這些胡說八道。

我不知道說謊的人是她還是那個前男友，但愉快地談論他人負面話題的她仍然讓我感到惱火。

不知道我的內心有多惱怒的黑瀨同學還想繼續說下去。

「白河同學不是很受男生歡迎嗎？所以她會準備好幾個想和她交往的男生當備胎，花光男朋友的錢後就換下一個。好可怕喔～」

黑瀨同學這麼說道，做出害怕的表情看向後方。在那裡的是仍開心地聊天的白河同學。

看到那張天真無邪的可愛笑容，我心中的怒火迅速暴漲。

「然後呢，其實白河同學還有其他……」

「不准再說白河同學的壞話。」

這道聲音讓教室裡的聊天聲戛然而止。

我的音量似乎比自己想像得還要大。還是聽到從我這種邊緣人的口中說出白河同學的名字，讓同學們嚇了一跳呢。

「討、討厭啦，加島同學你怎麼了？」

黑瀨同學的表情變得很緊張。

「黑瀨同學說的話是錯的，白河同學不是那樣的女孩子。」

我一說完，黑瀨同學就毫不掩飾那不悅的神情說道：

「沒有錯喔。我真的是從她的前男友那邊聽到的。」

「那就是那個『前男友』說謊。」

待在教室裡的同學們以疑惑的眼神看著正在爭吵的我和黑瀨同學。

不過，現在已經不是在意那些事的時候了。

我要修正對白河同學的錯誤評價。

我的腦中只剩下這個念頭。

「白河同學不是那樣的女孩子。她很為男朋友著想。是一位比起自己，更希望讓男友開心的溫柔女孩。」

聽到這些話的黑瀨同學彷彿心懷不軌地揚起嘴角。

從來沒看過她那種表情……

我似乎從那張臉上看見她的本性，背後掠過一股涼意。

「你在幻想嗎？我可是認識那個前男友本人喔？」

「我可是認識她的男友本人。」

事到如今已經無法收手，我也不想收手。

我想要解開誤會，想要訂正對白河同學無憑無據的惡評。

我心無旁鶩地繼續說下去。

「白河同學是個好孩子喔。她會在紀念日時送男友和她同款式的東西當成驚喜禮物。就算對方沒錢了不能買生日禮物給她，她也只要收下手繪的購物地圖就很開心了。」

我回想起約會時的事，胸口感到暖暖的。

「白河同學一點也不任性，她是一位隨時都為男朋友著想的超棒女友。」

聽到我的話，黑瀨同學柳眉倒豎。

「啊？那個『男友』又是哪位？真的有那個人嗎？說得出名字的話就說說看啊。」

「…………」

「看吧，你說不出……」

「我說。」

耳中傳來自己心臟的巨大跳動聲。

「我就是白河同學的男朋友。」

整間教室瞬間靜了下來。

說出口了。

明明之前還那麼害怕曝光。

我卻以這種方式公開了與白河同學交往的事……

在一陣鴉雀無聲的寂靜之後，學生們開始喧嘩起來。

「啥……？」

「那傢伙胡說什麼啊。」

「喂～他這麼說耶，是真的嗎？」

大部分人都不相信，其中那位班上的開心果男生還半開玩笑地詢問白河同學。

「他真的是妳的男友？」

「咦……」

那個困惑的聲音讓我轉過頭去。

白河同學吃驚地望著我。在這場受到全班注目的騷動之中，她應該也不例外地聽見了我剛才說的話。
接著，她有點不知所措地點了頭。
「……嗯。」
「咦？」
明明是自己提的問題，那位開心果卻嚇了一跳。
「不會吧？妳在開玩笑吧？」
「不是開玩笑。」
面對愣住的同學們，白河同學輕輕說道：
「人家正在和他交往。」

「「「「「「「咦咦咦咦咦咦～～！」」」」」」」

教室裡響起了喧嘩的多重奏。
「太扯了吧？為什麼是加島那種不起眼的傢伙？」
「露娜會跟那種類型的人交往？」
眾人驚訝地議論著。

「好意外……真的太意外了。」

「為什麼？他們根本沒有共通點吧……？」

當第一波衝擊過去後，以男生們為主的學生裡，某些人變得異常興奮。

「如果連加島都行，該不會我也可以吧？」

「我以為她只跟優質型男交往，才會一直不抱希望啊。」

「唔哇～聽起來她人超好的耶！我越來越喜歡她了。」

「等她下次單身時，就算不行我也要試試看對她告白！」

「搞不好有機會喔。」

同時，大家對黑瀨同學投以冷冷的眼神。

「如果她連加島這樣的男朋友都能接受，黑瀨同學的話就是假消息嘍。」

「應該是那個前男友被甩掉懷恨在心亂造謠吧？」

「話說這件事本身也許是黑瀨同學捏造的……」

「有道理……以前也沒有聽過白河同學這類的傳聞嘛。」

「什、什麼嘛……」

突然受到同學們的注目，情勢不妙的黑瀨同學臉上冒出大汗。

「我真的聽說了……」

她雙手緊緊地握拳，這麼訴說著。

然而當她認識到就算嘴硬也無法扭轉局面後，立刻站起身。

「好過分！我才沒有說謊！」

她的大眼睛中充滿淚水，趁勢衝到走廊上。

「喂……喂！」

我還有話要問她。我想知道她到底為什麼要向大家散布那種謠言。

為什麼要針對白河同學？

我必須知道原因。

這麼想著的我追在黑瀨同學的背後，衝出此時仍充滿好奇眼光的教室。

黑瀨同學跑過走廊，在通往屋頂的窄樓梯中間停下。

「……嗚……噫……」

她雙手揉著眼睛，晃著身體不斷抽泣。看來她並不是假哭，而是真的哭了。

「黑瀨同……」

「不要過來！」

當我想靠過去時，她用力推開了我。

「……為什麼要過來……你明明就不喜歡我……繼續待在那個女人身邊不就好了！」

「…………」

這傢伙是怎麼回事……

「……妳可不可以告訴我，為什麼要做這種事？」

當她的哭聲稍微平靜下來後，站在樓梯底下的我試著向她搭話。接著黑瀨同學維持掩面的姿勢一屁股坐在樓梯上。

「『這種事』是什麼事？」

「就是散布白河同學負面謠言的事。」

我這麼一說讓黑瀨同學再次拉高哭聲。

「哇～！你真的很討厭。白河同學、白河同學的，老是在講那個女人……你以前喜歡的明明是我！」

她、她到底在說什麼？

「……我現在正在和白河同學交往，這不是當然的嗎？」

「我就討厭那樣！」

黑瀨同學像個小孩般哭鬧大喊。

「我想要所有人都喜歡我。我想要成為所有人心中的第一名！」

「可……可是……」

我的氣勢稍微被她壓過去，試著提出反駁。

「就算大家都喜歡妳，但妳也只能和一個男生交往吧？那有什麼意義……」

「我才不會交男友咧！」

黑瀨同學打斷我的話。

「我只想受到所有人的喜愛，所以從來都沒有和任何人交往過。」

她這麼說著，眼中再次泛出淚水。

「我想成為第一名……不是第一名的女生就不會被選上。我已經不想再被那個女人奪去任何東西了……」

「……妳在說什麼？妳和白河同學以前就認識嗎……？」

當我試探地提問，黑瀨同學的眼中便溢出豆大的淚珠。黑瀨同學似乎為此感到難為情而垂下了頭，爾後輕輕開口：

「白河月愛……是我的雙胞胎姊姊。」

聽到這個答案，我震驚地就像整個人被電到一樣。

「咦咦！」

我心想她是不是開玩笑，卻只見黑瀨同學咬牙切齒瞪著我的樣子。

「騙人的吧？因為……」

無論是外表或內在，她們毫無都相似之處。雖然就可愛程度而言，她們都很可愛啦……

當我想到這裡時，黑瀨同學露出有點自嘲的微笑。

「不像對吧？因為我們是異卵雙胞胎。我像爸爸，那個女人像媽媽。」

「……真的嗎？」

「我才不想撒這種不舒服的謊咧。竟然跟那種婊子有血緣關係。」

「可是姓氏……」

「我們的父母在小五時就離婚了，我改從母姓。那個女人一直維持爸爸的姓氏。加島同學是國中時和我同校，才會不知道還是『白河海愛』時的我。而且因為搬回媽媽的老家，換了學區，也就沒有『白河』時代的同學。」

聽到這番話，我感覺一切都說得通了。

黑瀨同學家是單親媽媽的傳聞，以前和她同班時就曾聽過。但因為班上也有幾位那樣的學生，我就沒有什麼特別的想法。

印象中除了媽媽之外，她還和爺爺奶奶一起住。畢竟是曾經喜歡過的女孩，我到現在仍隱約記得這些事。

之後黑瀨同學在二年級時轉學了。我從分到不同班的同學那邊聽說，她的媽媽再婚，因為新爸爸的緣故而搬去千葉。

「……咦？」

可是話說回來，她現在的姓氏……還是我知道的「黑瀨」。因為我盡量不去想黑瀨同學的事，所以到現在都沒有感到疑問……

「媽媽上個月離婚了……所以我回到爺爺家。」

就像猜到我的想法似的，黑瀨同學如此表示。

我仔細地注視著她。

「……妳真的是……白河同學的妹妹……？」

「我不就是這麼說的嗎！」

黑瀨同學不情願地低聲回答。

就在這時，我想起來了。

——人家有件事必須告訴龍斗……

剛才那段話或許指的就是這件事。

而且，之前提到家庭狀況時……

——不過，還好妳們姊妹沒有被拆散呢。

——咦……？

那時吃驚的表情。

——啊，嗯。這個，對呀……

之後不自然的回答。

她做出那些反應時，心中或許就是想著黑瀨同學。

「是妳們的大姊和爸爸把妳從媽媽那邊接回去的嗎？」

當我這麼問時，黑瀨同學咬住了嘴唇。

「……我……其實想和爸爸一起住。」

她的眼中再次淌出淚水，從一隻眼睛滑落的水滴被腿上的裙子吸收。

「我和月愛都很喜歡爸爸。但我們之中其中一個人必須和媽媽一起離開家。大姊當時已經高三，也決定就職。所以爸媽不強迫她。可是我們還需要家長照顧，也需要錢生活。所以爸媽似乎是經過討論後做出那樣的決定。」

說到這裡，黑瀨同學擦去淚水，吸了吸鼻子。

「我很想和爸爸一起住。但是……爸爸卻選擇了月愛。」

黑瀨同學皺著臉流下眼淚。

「月愛很會撒嬌，家人們都很疼愛她。爸爸也是比起我更喜歡月愛……」

她說著這些話的臉上浮現了難以壓抑的悲傷。

「我是個文靜的小孩……沒辦法清楚表達自己的感情，也不擅長討好別人。但我認為非得改變那樣的自己不可。」

黑瀨同學帶著無比苦惱的表情低下了頭。

「因為不受喜愛的女孩就無法得到幸福，必須成為第一名才行。如果不是第一名，就無法被選中。」

她的雙眼浮腫，鼻頭紅紅的，睫毛也哭濕了……即使在這種狀態下，黑瀨同學仍可愛得無可挑剔。雖然不是這個因素，不過我依然越來越為她難過，感覺不能就這麼丟下她不管。

「該不會……就是因為這樣，妳才會想要搶走班上最受歡迎人物的位子，散播白河同學的負面謠言？」

黑瀨同學默默地對我的詢問點了頭。

「這樣啊……」

雖然有那樣的背景環境，但我不認為她的所作所為可以被原諒。

不過，我也覺得若是這樣下去，黑瀨同學將無法獲得救贖。

我在國一時喜歡上的黑瀨同學與現在的她簡直判若兩人。然而，我隱約感覺此時露出這副模樣的她才是真正的黑瀨同學。

她過去應該不曾對其他人透露這些事吧。她想受到眾人的喜愛，如此一來就不能將自己的陰暗面顯露給別人看。

既然如此，我認為現在必須對展現真正自我的她說幾句話。

讓她能藉此發自內心地反省。

並且成為她往後人生的精神糧食。

「……妳沒問過為什麼令尊選擇了白河同學嗎？」

我如此詢問，黑瀨同學微微點了點頭。

「有是有。只說是爸爸媽媽討論後的決定，沒告訴我詳細原因。」

接著，她忿忿不平地微瞇起眼。

「但不用問也知道。爸爸和媽媽都比較疼月愛。他們兩人一定都在搶月愛。」

「那種事……」

不可能──身為一介外人的我無法說死就是了。

「……妳的父母應該經過了很多的考慮，我覺得令尊不會只憑比較疼愛白河同學的理由而選擇白河同學喔。」

「…………」

黑瀨同學以無法信服的表情看著自己的膝蓋。

「而且，黑瀨同學的做法錯了。」

我的話讓黑瀨同學抬起了臉，欲言又止地看著我。

「我明白黑瀨同學的『想要成為最受喜愛的女孩子』想法。然而，那是希望自己被令尊……被對自己而言特別重要的人選擇吧？既然如此，做出那些行為也沒意義吧？」

黑瀨同學露出赫然醒悟的神情。

「黑瀨同學之所以沒有與別人交往，是因為沒有喜歡任何人吧？就算被自己沒感覺的人喜歡上，也無法療癒沒有被父親……沒被妳所喜歡的人選上所造成的創傷吧？」

黑瀨同學垂下了眼，緊咬嘴唇。那是一張死死壓抑著洶湧情緒的表情。

「從此以後，黑瀨同學最好多多磨練自己，不是以最受到眾人喜愛為目標，而是成為一位遇到真正喜歡的男生時……能夠受那個人所愛的女孩。」

「…………」

黑瀨同學低頭沉默了一段時間後，抬起頭狠狠瞪我一眼。

「……你懂什麼啊。」

「我是不懂……只是覺得黑瀨同學和我有點相似。」

「啊？」

「抱、抱歉……不過妳可以聽我說嗎？」

雖然知道黑瀨同學很不高興，我還是繼續說下去。

「白河同學並非為了博取眾人喜愛而特別做什麼事。她只是如實表達自己的想法，活出自我，就讓許多的人對她產生良好印象。我認為那並不是容貌的功勞，而是來自於她最根本的性格，或者可說是天生的資質。」

每次看到白河同學時，我常會訝異於自己與她之間的巨大差異。「品德」或許就是這麼一回事吧。

「黑瀨同學應該是『會思考別人如何看待自己所說的話』這類，在意他人眼光、經過深思熟慮後才做出行動的人吧？我也是那種人啦。」

正因為如此，她才會想很多吧。

「那種類型的人若想勉強自己變成白河同學那樣，就得努力努力再努力。我覺得這是一件很痛苦的事喔。」

雖然我終究無法全盤理解，但黑瀨同學想必對白河同學懷抱著許多複雜的想法。因為她們彼此相當接近。

例如「明明是雙胞胎，為什麼兩人差這麼多？」

或是「或許自己也能成為那樣」……

「你又懂什……」

「但是……」

我打斷一臉賭氣正想回嘴的黑瀨同學，接了下去。

「我想世界上比起白河同學，更喜歡黑瀨同學的人並不算少呢。」

黑瀨同學露出突然醒悟的表情，緊抿著嘴。

「如果黑瀨同學在那些男生裡面找到自己能喜歡的對象，妳應該就能獲得幸福吧。」

黑瀨同學沉默了好一段時間。

「若妳認同我的話……我希望妳針對這次的事向白河同學道歉。」

黑瀨同學依然沉默不語。正當我打算再講幾句時，低著頭的她出聲說道：

「……我明白了，讓我一個人靜一靜。」

那個聲音既失落又消沉。

所以我沒辦法放著不管就這麼離去。

「黑瀨同學……」

「幹嘛？你打算安慰我嗎？」

抬頭如此說道的黑瀨同學朝我露出捉弄人的笑容。

「算了吧，你明明就對我沒興趣。你去安慰月愛就好啦。」

「可是……」

「廢話少說。我才沒有落魄到得讓月愛的男友來安慰的程度。快走啦！」

「…………」

按照這種狀況，繼續說下去或許會造成反效果。

我這麼想著，無奈之下只好轉身離開現場。

因此我無法聽見那些話。

無法聽見一個人抱膝坐在空蕩樓梯上的黑瀨同學吐露的自言自語。

「……這樣一來，我不就又無法獲得幸福嗎？沒想到偏偏是最喜歡那個女人的男生讓我有這種感覺……」

那張賭氣般的臉上泛著微微的紅暈。

「既然不喜歡我，就不要來關心我嘛……」

◇

當我正準備回到教室時，白河同學從敞開的教室門口衝出來。

「龍斗！」

往教室裡一看，裡頭還有很多人都對我投來充滿興趣的視線。

「……總、總之先回家吧。」

聽到白河同學這麼說，我急忙進教室拿出書包與日誌，去教師辦公室一趟後和她一起走向玄關鞋櫃。雖然我只在日誌上草草寫了一兩句，不過黑瀨同學有確實填寫，應該能勉強過關吧。

「抱歉，人家……沒有對龍斗說出海愛的事。」

當我們兩人獨處後，白河同學立刻坦白。

「海愛很討厭和我是雙胞胎的事。雖然不曉得為什麼她卻特地轉到我們的學校……」

我的確也不明白黑瀨同學到底有什麼意圖。有可能是為了騷擾白河同學，不過也有可能是……

「或許，她是想待在白河同學的身邊喔。」

「咦……？」

我對感到驚訝的白河同學說著。

「如果真的討厭對方到不想見面的程度，就算是出於騷擾的目的，應該也不會想和對方待在同個空間裡吧。」

「……這樣啊。」

白河同學低頭呢喃，細細品味著這句話。

接著，她抬頭望向我。

「謝謝你，龍斗。」

仔細觀察說出這句話的她所露出的可愛笑容，感覺真的與黑瀨同學有些神似。

「不過這樣好嗎，龍斗？」

換穿鞋子走出校園後，白河同學不放心地說。

「龍斗不是不希望我們的事曝光嗎？」

「嗯……是這樣沒錯。」

我自己也沒想到竟然會以這種方式公布戀情。

「但我不想看到白河同學繼續受到誤解了。」

我的回答讓白河同學張大了眼睛。

「為了人家……？」

那雙注視著我的眼瞳閃現著水光。

白河同學的雙眼溢出了淚水。

當她驚覺這點時，急忙用手背擦了擦眼睛。

「奇、奇怪？人家怎麼了？」

她的眼神往斜上方飄去，裝出開朗的笑容想要掩飾。

「人家很笨。以為自己不怎麼在意負面謠言那種東西……結果還是會有點在意呢。」

白河同學確實是個堅強的女孩。即使如此，她這幾天來仍因為無憑無據的惡評，被迫過著沐浴在同學們好奇的眼光下的生活。

「但是那個謠言是怎麼來的呢？該不會是人家的前男友將人家的話說給海愛聽時傳錯了吧？」

「……咦？」

聽到這句話，我的瞳孔驚訝地緊縮。

難道說……

白河同學沒發現那個謠言是黑瀨同學為了攻擊白河同學而捏造的嗎？

這個女孩未免人太好了……好過頭反倒讓我有點為她擔心。

總之暫時先別對她透漏更多內情吧。

她們姊妹的事最好由她們倆來解決。黑瀨同學不久後應該會向白河同學道歉吧。

我還沒告訴白河同學以前拒絕我的美少女就是黑瀨同學。畢竟她是同班同學，還坐在我旁邊，感覺會有點尷尬……不過既然現在知道兩人是姊妹。等到她們的關係恢復至能對彼此歡笑的那一天，我再把這件事當成趣聞說出來吧。

「……是啊。真是奇怪的謠言呢。」

「龍斗沒有相信那個謠言吧？」

被白河同學這麼問著，我點了點頭。

「我沒有相信喔。」

「……可是龍斗並不知道人家和你交往之前的事吧？」

我稍微思考了一下。

「嗯……不過，我喜歡的是現在的白河同學。所以我覺得……過去的事不重要。」

這句話也是對我自己說的。

實際上我沒辦法像說的那樣徹底放下。一想到她的前男友時，胸口依舊會感到難過。

可是……

「就算過去的白河同學如謠言所說做過那些事，現在的白河同學也已經是另一個人了。

我不會容許那種陳年往事傷害現在的白河同學的名譽。」

看著認真回答的我，白河同學微微地苦笑。

「人家是沒做過謠言裡面那些事啦。」

「嗯，我也這麼覺得。」

我微笑著點頭，白河同學也跟著一起微笑。

接著，她的臉頰微泛起紅暈。

「……龍斗你果然很奇怪呢。」

就算不必問她，我也知道那並非負面的意義。

證據就是白河同學開心地朝我露出了笑容。

「謝謝你，龍斗！」

目睹那絕頂可愛的笑容，我不禁想一把抱住她。

這時，我突然想到……

從開始交往到今天為止，我連白河同學的一根手指都沒碰過。

即使像這樣以幾乎碰到彼此的距離並肩走在一起，我依然沒感受過她的體溫。

注意到這個事實以後，除了湧上心頭的愛意，我還感到了一絲苦澀。

第四・五章　露娜與妮可的長時電話

「感覺今天好猛喔……露娜，妳還好吧？」

「嗯，人家完全沒事喔。畢竟人家本來就沒打算隱瞞嘛～」

「不是那個，是說妳的妹妹啦。她承認亂傳露娜的假消息了嗎？」

「啊……其實在剛才呢，海愛已經打電話過來道歉。所以已經沒事了。」

「咦？妳明明被傳成那樣，這樣就原諒她了？」

「嗯，人家覺得海愛一定是有哪裡誤會了。」

「嗯～這麼做是很有露娜的風格啦……那麼雙胞胎的事要繼續保密嗎？」

「嗯……海愛可能還不想被人知道。在人家能和海愛正常說話之前，先不告訴妮可以外的朋友。」

「她還是沒辦法和妳正常說話嗎？」

「……唔，這也沒辦法嘛。海愛很喜歡爸爸，應該還在記恨人家吧。」

「這樣啊……不過話說回來～今天大家都超驚訝耶。畢竟沒辦法把露娜和現在的男友聯想在一起呢。」

「不知道為什麼呢。龍斗明明是個很好的人喔。」

「就是說呀～我也認為妳們很配喔。」

「真假？好開心喔～」

「暫時是這樣啦。」

「……啊，對了，妮可。」

「嗯？」

「妳下次要和龍斗見面的時候先說一聲喔。看到優娜傳來的照片時人家嚇了一大跳呢。」

「啊？妳說的照片，該不會麥當●的那張？」

「嗯。」

「這樣啊～優娜也在的話就來打聲招呼嘛。」

「她說是顧慮到妳和男生單獨在一起。畢竟優娜也有男友。」

「哎呀，那怎麼看都不像是約會的氣氛耶。而且我還準備好，如果那傢伙是個軟弱的男生就狠狠教訓他一頓。」

「是、是這樣啊……？」

「……咦？露娜，該不會妳吃醋了吧？」

「咦？」

「我才不會搶走妳的男人呢。而且我也知道妳們正在交往。」

「討厭，不是啦！不是那樣子……」

「嗯～？」

「只是覺得如果妳先說一聲，人家就不會被嚇到了。」

「嗯～對呀，抱歉。我就是想到什麼做什麼的人。」

「我懂～人家也是那樣。反正也沒什麼啦。」

「真正覺得『沒什麼』的人應該不會特地說出口就是了。」

「咦？什麼意思？」

「露娜，其實妳比自己認為的更喜歡現在的男朋友喔。」

「有、有嗎？」

「妳發現我沒事先通知就和他見面時，覺得心中悶悶的對吧？」

「…………」

「以露娜來說很稀奇喔，這又不是我第一次把妳的男友找出去說教。」

「啊……說得也是。」

「要是這次能長長久久就好了呢。反正那個男生看起來不會在外面拈花惹草嘛。」

「嗯，我相信他。」

「不過放心吧，萬一他出軌了，我會狠狠揍死他。」

「哈哈，龍斗沒問題啦。話說要是他真的被揍死反而會讓人無法安心呢。」

月愛笑著說完，稍微沉默了一下。她抱膝坐在床上，將視線投向書桌。

擺在那裡的是那張摺起來的珍奶地圖。

「……和龍斗在一起時的感覺跟過去不一樣，常常會心跳加快。難道說這就是真正的戀愛嗎……？」

第五章

直到不久之前，我還以為若是被大家知道和白河同學交往的事，往後的日子會很不好過。像是被好奇的眼光關注，或是被以嘲笑的態度指指點點……甚至還想像過與人擦身而過時遭到痛罵的情境。

所以公開戀情後隔天到校時教室的景象太過一如往常，讓我感覺白擔心了。

硬要說有哪些地方改變，那就是——

「「「早安～加島同學。」」」

班上幾位以前沒交談過的女生會在經過我身邊時向我打招呼吧。

「啊，早安……」

當我還愣在原地時，她們幾個人就湊到教室的角落開始竊竊私語。

「因為他很不起眼之前才沒注意到，但加島同學其實也不差嘛。」

「看起來很溫柔呢，長得也不醜。」

「嗯，他絕對是個不錯的人。畢竟是那位白河同學選擇的對象嘛！」

從零星聽到的片段判斷，她們應該不是在說我的壞話。

當我坐上自己的座位時，鄰座的黑瀨同學朝我的方向偷瞄了一眼。

「啊……早安。」

由於昨天才發生那件事，氣氛還很尷尬。不過因為眼神對上了，還是先打個招呼。

「……早、早安。」

我本來以為她會當做沒看到，不過黑瀨同學仍小聲地做出回應。她的臉頰紅通通的，眼神則是害羞似的四處亂飄。

「……？」

看來黑瀨同學果然也覺得氣氛很尷尬，於是我決定不再向她搭話。

不過，就在當天放學前的班會時。

班上正在收作業，學生們紛紛將作業從後方往前傳向講桌。我將自己這排的作業收齊後，看著旁邊還在等後面的人的黑瀨同學。

「黑瀨同學。」

我準備將自己這排的作業交過去，朝她喊了一聲。後腦杓對著我的黑瀨同學的肩膀抖了一下，卻遲遲沒有轉過頭來。

我還以為她沒聽見，輕拍了一下她的肩膀。

「呀！」

黑瀨同學立刻輕叫一聲，回頭望向這邊。

她滿臉通紅，露出彷彿遭到性騷擾的狼狽表情看著我。

「幹什麼，不、不要突然碰我啦！」

「咦，抱、抱歉。」

「我討厭你！」

「…………」

看來我徹底被她討厭了。

不過這也沒辦法……畢竟我昨天用那種方式說她一頓……正當我這麼想著。

當老師收完作業，接著發通知單，教室裡一片鬧烘烘時——

「……吶。」

黑瀨同學反倒向我搭話，嚇了我一跳。

「嗯？」

她要做什麼……只見黑瀨同學不斷偷瞄著我，整個耳垂都是紅的。

「……我知道自己錯了。昨天晚上……打電話道歉了。」

「咦？」

她說的是哪件事——我瞬間回想了一下。

「……難道是指白河同學？」

黑瀨同學對我的問題點了點頭。

「所以……」

黑瀨同學以幾不可聞的聲音繼續說著。

「能不能請你不要討厭我……？」

望著滿臉通紅，害羞地垂下眼睛的黑瀨同學……

「咦……？」

有那麼一瞬間，我覺得她很可愛。

「…………」

為什麼她要問這種問題？她明明才剛說過討厭我……這個謎團讓我陷入思考。

但這個女孩是一位以受到他人喜愛為目標而努力的人。她或許會受不了因為昨天那件事而被我討厭吧。

我做出如此解釋，接受了這個想法。

「別擔心，我不會討厭妳喔。」

我一回答，黑瀨同學瞬間露出泫然欲泣的表情望著我。

她只有這個反應，隨後她一句話也不說就撇過頭去，面對教室前方低下了頭。

「……咦……？」

我的回答應該沒有問題吧？

無論如何，我不會再主動對她說什麼話了。

暫時先把黑瀨同學的事擺一邊吧。

等到這股尷尬的氣氛隨時間過去而消失後，我們或許就能以對待普通同學的方式與彼此來往。

如果能變成那樣就好了——我一邊想著，一邊將發下來的通知單收進書包，開始做回家的準備。

◇

在那之後經過了幾天校園生活，我明白了同學們比我想像的更不在意他人的事。

有一天。

白河同學在下課後晃到我的座位邊。

「早安，龍斗！」

「早、早安……」

反正戀情已經曝光，應該沒關係了。但之前我們在學校幾乎沒說過話，我還是會在意他人的眼光因而感到緊張。

「你看你看，人家的造型美甲。這是昨天人家自己做的喔！」

白河同學秀出違反校規的閃亮造型美甲，而我卻是在意周圍的視線在意得不得了。

然而出乎意料地，同學們都沒什麼反應。

雖然遠處確實有人在意地偷看我們，不過大多數的同學只關注著他們自己的事情。

「……唔，是啊。」

我在怕什麼呢，其他人就是這樣子嘛。

「欸，看清楚一點啦！」

白河同學不死心地將兩手伸到注意力不夠集中的我眼前。

「啊，好，抱歉。」

於是我仔細地看著她。

「可不可愛？你看看？」

白河同學的手有著女孩子的纖細，手指與指甲都修長又漂亮。

如果我是個身經百戰的輕浮男，這時就會聰明地捧起她的手，說出「真的耶，好可愛喔」之類的話。輕鬆達成肢體接觸。

但不管怎麼想我都不是那種人。既認為自己做不到，也不會興起那麼做的念頭。

「……怎麼了嗎？你討厭這種彩繪指甲嗎？」

由於我注視白河同學兩手的表情太凝重，令她也露出疑惑的神情。

「啊～不是。我覺得不錯喔，很適合妳。」

我急忙地回答，白河同學隨即綻放花朵般的笑容。

「太好了！做得很不錯對吧～？連妮可也稱讚人家喔。」

白河同學得意洋洋地說完，似乎對此感到滿意後回到了漂亮女生集團那邊。

同時，偷偷看著我們的幾位同學也像失去了興趣般移開視線。

雖說我因此明白了旁人的眼光並不是什麼可怕的東西。

可是肢體接觸的問題沒有獲得解決，仍在我心中留下一個疙瘩。

我想珍惜白河同學的想法依舊沒有改變。所以不打算做出突然就要求和她發生親密行為之類的誇張行徑。唔，雖然……我也不是不想做。

只不過，如果白河同學已經比以前更喜歡我，我希望能進行符合這個階段的接觸。

這種說法太拐彎抹角了……

簡單來說，我想接吻！

和白河同學接吻……光是想想鼻血就要噴出來了。

好想……好想接吻！

但我完全不知道該怎麼做才好！

到底該用什麼技巧才能帶到那個場面呢……在愛情連續劇裡，兩人對上眼後就會有如被彼此吸過去般將嘴唇湊在一起。可是我覺得無論等再久都不會遇到那一刻。

由於這幾天我一直在想這個問題，不但晚上睡不好，還因為煩惱過頭差點昏倒。

我不能將這種欲望直接發洩在白河同學身上。

不想在帥氣地說出「希望珍惜白河同學」這種話後，還讓她覺得我依然是為了她的肉體而交往。

世界上的情侶們究竟是如何自然地做出肢體接觸呢？有什麼契機嗎？怎麼進行的？

在這種時候，我該找誰商量呢？

想到這裡，看來我還是只能依賴那些傢伙了。

◇

午休時間，當三人如往常般吃著便當時。

「……阿加。」

阿伊突然擱下筷子。

「咦，你怎麼了？」

那個只要開始吃飯，飯碗沒吃乾淨就不會罷休的阿伊，那吃飯比一天三餐更重要的阿伊，竟然在便當還有超過一半時停下了筷子。

當我邊這麼想邊看著他時，阿伊忽然低下了頭。

「我沒有相信白河同學的事，對不起！」

他垂下肩膀，乾脆地說著。

「因為我太不甘心，所以不願意相信。但看到之前的白河同學和你，我就不得不信了。我們是朋友啊。你們真的在交往。太好了。雖然原本就是我硬逼你去告白的。」

「阿伊……」

原來從那件事之後的幾天，他一直在意這點嗎……

我不禁鼻頭一酸。身邊的阿仁則是兩手抱在胸前。

「我可不會道歉喔。」

他用頑固大叔的風格說著，瞪了我一眼。

「即使我們對你那麼無情，但你還是在假日時與白河同學甜甜蜜蜜地待在一起吧。你乾脆爆炸算了！」

「阿仁……」

然而，如果我站在阿仁的立場，也很難說不會像他一樣口出惡言。阿伊真的人太好了。

不過，阿伊此時突然擠到我身旁。

「所以說，做過了嗎？再怎麼說都應該做過了吧？你給我乾脆點誠實招來！」

「咦，你幹嘛啦！」

他的眼中都布滿血絲了！原來你根本就不是什麼好好先生喔！

「呃，是這樣的……」

於是我對兩人傾訴了目前遇到的煩惱。

「……原來如此。你想和白河同學接吻，但不知道該怎麼做才好。所以打算先從牽手開始，要我們提供點子嗎？」

阿伊一臉疲倦地喃喃自語。

「你怎麼會找我們商量那種事……」

阿仁則像是打完比賽燃燒殆盡畫面一片白的拳擊手。

「抱、抱歉。可是我又找不到其他人商量……」

當我慌張地道歉後，兩人互看了一眼，嘆了口氣。接著，露出下定決心的表情望向我。

「……真拿你沒輒。那就用我們的頭腦讓阿加成為男人吧。」

「嗯。來計劃一個不只能牽到白河同學的手，還能緊緊抓住她的心的作戰吧。」

你們兩個……！

「謝謝！真是太感謝了！」

話雖如此，他們倆的經驗值與我差不了多少。就算集合三個處男，也擠不出一個人型自走砲的智慧。

「用『我會看手相』這招呢？」

「完全是唬爛嘛。而且就算給我看手也看不出什麼東西。」

「反正只要隨便說說對方也不會發現啦。」

「我不想對白河同學說謊啦。」

「那試試用『啊～好冷喔～！手冰得快凍僵了！』這種話？」

「太拐彎抹角聽起來又很煩！這只會被當成表示自己有手腳冰冷的毛病！」

「那就直接說『我們牽手吧』呢？」

「說得出口就不用找人商量了……」

「你這傢伙挑東挑西很囉嗦耶。」

我們搬出所有能想到的手段討論了一段時間，最後所有人都用光了點子。

「啊～我不管了我不管了！」

阿仁是第一個放棄的，阿伊也兩手高舉仰頭朝天。

「就是說啊，果然還是沒辦法！而且和女孩子牽手的又不是我。」

他隨口抱怨，重重嘆了口氣。

「求求你們多想點辦法……」

「不，真的沒辦法了。你自己一個人去煩惱吧。」

「雖然剛才裝帥了一下，但我們可是一直在快要羨慕死的狀態還差點要尿出血耶。」

帶著疲憊神情的兩人說完後起身離去。

「不要管那種現充，去看ＫＥＮ的新影片吧。」

當我聽到阿仁這句話時。

「ＫＥＮ的影片……」

我的腦中突然靈光一閃。

「對啊，就是ＫＥＮ。」

如此一來或許我也能成功。

「謝謝你們！」

我對恍神狀態的兩人道謝後站起身。準備找個安靜的地方整理一下想法。

沒什麼地方可去，於是我前往廁所。一路上我仔細思考。

我從ＫＥＮ的遊戲風格裡找到了靈感。

玩大逃殺型的射擊遊戲時，ＫＥＮ經常會將敵方玩家引誘到自己預想的位置上再攻擊該處。由於他是前職業選手，準度非常高。只要將敵人引到沒障礙物的地方後就能百發百中。

那我只要使用同樣的做法不就好了嗎？也就是說，不是我主動去牽手，而是製造出讓白河同學自己來牽我手的狀況。

可是該怎麼做呢？

我最初想到的是鬼屋，不過立刻搖頭打了回票。

白河同學感覺不怕鬼之類的東西。她昨天才在ＬＩＮＥ上說看了外國恐怖電影。

既然如此，就只能從物理層面上著手了。也就是「帶她去容易腳步不穩的地方」。

最好的選擇是吊橋，但這附近好像沒那種地方，要拿來當成約會地點不夠現實。

擋住道路的大水坑也不錯，不過比起吊橋我更不知道哪裡有水坑，連上網都找不到。

我思索著各種可能，最後終於想到一個方案。

「池塘。」

只要在池塘裡坐船就好了。上下船時就是讓腳步不穩的絕佳機會。更重要的是，坐船很適合約會這種場合，不會太突兀。太完美了。

「好極啦————！」

我不禁在男生廁所的隔間裡大吼一聲。但又立刻回神感到羞恥，隔了好幾分鐘都不敢走出去。

◇

「吶～龍斗！一起回家吧～！」

當天的放學時分，白河同學跑到我這裡。

「咦……？」

白河同學抬眼注視著面露困惑的我。

「不行嗎～？反正交往的事已經被知道了，以後偶爾這樣也沒關係吧？」

「唔，嗯，是可以啦……」

「那就說定嘍！」

白河同學愉快地說著，於是我們就一起離開學校。

「山名同學呢？妳不和她一起回家嗎？」

「妮可今天要打工，而且晚上會講電話，所以沒關係～」

「打工是打什麼工？」

「居酒屋。」

「哦～感覺很適合她呢。」

「她說一開始是去家庭餐廳面試，但因為指甲跟髮色不行讓她很沒勁。」

「這樣啊。」

「妮可打工時會很晚回家，電話經常都會講到半夜呢。」

原來如此，她們假日前的深夜長時電話是這麼一回事啊。

「白河同學不打工嗎？」

「人家就不用了～聽妮可說碰到麻煩的客人時會累積很多壓力，而且奶奶偶爾會給人家零用錢，還算過得去。」

「這樣啊。」

這時，白河同學直直地盯著我的臉。

「……咦，難道人家也打個工會比較好嗎？」

「不，我不是那個意思啦……」

只是在腦中稍微想像了一下白河同學打工時的模樣。

「我只是在想白河同學似乎很適合蛋糕店的制服。」

聽到我的話，白河同學睜大了眼。

「啊～是這個意思呀？而且還舉蛋糕店當例子！龍斗你很喜歡可愛型的打扮呢～」

「咦，沒、沒有啦！」

被她這樣逗了一下，突然害羞起來的我急忙撇清。

「也、也不是在說我喜歡什麼啦！」

「像是有花邊的圍裙那種？女僕裝之類的？太好懂啦～！」

「不、不是……！」

「原來如此呢～！所以才會對辣妹服裝沒興趣呀！」

白河同學完全就是在拿我開玩笑。

「不是那樣子……！」

「有什麼關係嘛，不用害羞呀。」

「又、又不是只有我這樣！那可是男人的夢想啊……！」

「哦～你終於承認了！」

白河同學動作誇張地說著，得意洋洋地笑了出來。

「是這樣啊～呵呵呵。」

她就像掌握到我的弱點似的喃喃自語。臉紅得像蘋果的我則是別過頭去，害羞地說不出話。

興趣被白河同學知道實在太羞人了。

不過像這樣與白河同學閒話家常……這種交流很有男女朋友的感覺，讓我滿開心的。

最近與白河同學在一起時，已經不會像以前那樣緊張了。

一想到剛開始時我還認為自己不可能和白河同學這種風雲人物有共通話題，現在能像這樣聊天真令人不可思議。

雖然被她狠狠逗弄一番是無可奈何的事……因此我打算換個話題改變氣氛。

這時，我突然想到了今天早上黑瀨同學的事。

「話說回來……黑瀨同學打電話給妳了？」

我的話讓白河同學的表情變得有點僵硬。

「嗯……她已經道歉了喔。不過人家已經不介意了。比起道歉，人家更希望能與海愛和好呢……」

「也是……」

雖然要走到那步應該還得需要一點時間……

「真希望那天能早日到來呢。」

這是我由衷的想法。

我們抵達車站搭上同一班車，並且很自然地在靠近白河同學家的車站一起下車。

「龍斗，你今天有時間嗎？」

被白河同學這麼一問，我點了點頭。

「嗯。」

所以我送妳回家吧——正當我打算這麼說時，白河同學拉起我的手臂。

「咦……」

白河同學對著心臟噗通一跳的我露出可愛的笑容。

「那麼我們稍微繞點路吧～！」

雖然她只碰到我的手臂一下，而且還是隔著制服襯衫。

我還是被白河同學摸到了……

一想到這裡，我就臉頰發燙，手臂也熱了起來。

之後好一段時間，我的心臟跳動聲仍舊吵個不停。

白河同學邀我去的是車站附近的購物大樓。就是一樓為連鎖餐廳，樓上由生活雜貨或服飾商店承租的常見建築。

白河同學將我帶到最上面五樓的某個角落後停下了腳步。

「你看，就是這裡～！」

她指著有如展示箱的一整面玻璃櫥窗。裡頭劃分成幾個方形小區塊，各自放著一兩隻動物。

「原來是寵物店啊。」

「嗯！」

白河同學的眼睛閃閃發光，靠向有貓咪在的區塊。

「好可愛喲～！真的好療癒～！要不是奶奶有過敏，人家也好想養喔～」

展示箱裡也有狗，白河同學卻一直待在貓咪的前面完全不想動。

「白河同學比起狗更喜歡貓嗎？」

「嗯！雖然人家也覺得狗很可愛就是了～！」

雖然白河回答了我的問題，卻還是貼著玻璃。

「你看你看，這孩子是不是很可愛？因為牠快走了，人家最近常常來看牠呢。」

白河同學指著面前的一隻灰色的曼赤肯短腿幼貓。價格標籤處貼上了「已找到新家」的牌子。

「妳常常來這裡嗎？」

「嗯，這裡是人家很喜歡的地方！就像是例行活動？所以人家才想和龍斗一起來。」

兩手貼在玻璃上的白河同學望向我。

「龍斗，你不是說過嗎？『我希望能愛上白河同學喜歡的事物』。那句話讓人家很開心呢～」

「咦……」

我記得……那是讓我四處調查珍奶店的那場生日約會時所說的話。

她還記得啊。

「所以人家覺得……應該把自己喜歡的東西全都告訴龍斗讓你知道。」

白河同學這麼說著，有點害羞地笑了。

她光是仔細記得我所說的話就已經讓我很開心，沒想到還說出了這種話。

感動令我的胸口變得溫暖。

「這邊這邊～好乖喔～」

隔著玻璃用花俏的彩繪指甲畫著圈逗弄貓咪的白河同學看起來比平時更可愛。

由於在我的刻板印象中隱約認為「辣妹」和「動物」不適合湊在一起，反倒有股意外的新奇感。

「……白河同學，妳該不會很喜歡動物吧？」

我問了一下，白河同學則是望向我點了頭。

「嗯。但人家還是喜歡貓咪！不過這麼一說，人家可能喜歡所有的動物喔～？獅子就很像貓嘛？咦，還是老虎？」

「那麼……」

我對能夠將話題引導到預想方向感到心跳加速，說：

「下次要不要去動物園？」

「咦？」

白河同學一瞬間面露驚訝。

「要去～！」

但她立刻氣勢十足地如此回答。

「咦，好懷念動物園喔。好像國一時的校外教學後就沒去過了？感覺興奮起來了～！」

看著眼中閃著亮光、喜形於色的她，我不禁因為事情能照著計畫順利進行而暗自在心中比了個勝利姿勢。

之所以邀白河同學去動物園，是因為我有特別的用意。

我要在這次的約會中牽到白河同學的手。我們感覺差不多該進展到牽手也沒問題的階段了。

為了這個目標，必須按照我事先的計畫乘坐小船。

雖然也能直接邀她坐船，但因為內容太樸素不適合當成約會的主題，還可能被反問為什麼要坐船。若是沒有考慮太多就邀她去大型公園，白河同學則可能對那種大自然裡的約會地點興致缺缺。正當我還在思考要怎麼邀約時，就找到機會順著話題邀她去動物園了。

說到這一帶的動物園，首先想到的就是上野動物園。

在上野公園的園區裡有個大型池塘，只要花錢就能租到小船。所以能在逛完動物園後順勢邀請她坐船。

太完美了。

之後就只要等當天白河同學上船時腳步不穩想抓著我的那一刻，我再輕輕牽著她的手就好了。

正當我這麼想的時候。

「吶～龍斗喜歡什麼呢？」

觀賞完貓咪一臉滿足的白河同學帶著比貓更惹人憐愛的表情問我。

「咦？」

還沒搞懂問題的我回望著她。白河同學則是撇開眼神，露出有點羞澀的神情。

「人家也想知道龍斗的喜好喔……可以告訴人家嗎？」

她害羞地這麼說著。

「人家也想愛上龍斗喜歡的東西。」

咦……？

「白河同學……」

胸口逐漸變得暖和，愛意不斷湧出。

同時，我不由得對自己缺少能抬頭挺胸大聲說出的嗜好感到羞恥。

「龍斗喜歡什麼東西呢？」

「呃……唔……」

看到我支支吾吾的樣子，白河同學疑惑地問：

「龍斗在逛街的時候說過沒什麼特別想做的事吧？那你假日都在做些什麼事呢？」

「呃……沒什麼能拿出來說的事……」

看遊戲實況影片這種嗜好實在太像邊緣人，讓我恥於說出口。當我這麼想的時候，白河同學皺起了眉頭。

「那就是不能說的事嘍？你應該沒有在做壞事吧？」

「咦，當、當然沒有。」

我連忙否定，白河同學試探似的注視我的臉。

「那說出來也沒關係吧？」

「可是……」

「我知道了！是色色的事情吧？」

「不、不是啦！」

慌慌張張的我只好如實招來。

「……我喜歡看遊戲實況影片。」

聽到這個答案，白河同學驚訝地瞳孔一緊。

「實況影片？跟玩遊戲不一樣嗎？」

「就是把別人玩遊戲的過程拍下來的影片。」

「那很有趣嗎？」

白河同學不解地問著。看起來不像是在嘲笑，而是真的不了解。

「是、是啊。看著比自己強很多的人，或是談吐很有意思的人玩遊戲會很有趣喔。」

「啊～人家好像有點懂了！就像在電動遊樂場看高手玩那樣嘛。確實很有趣呢。」

白河同學的交談能力果然不是蓋的。明明話題內容完全不是她的領域，卻能在短短時間之內產生共鳴。單純的我只因為這樣就很開心了。

「對，就是那種感覺啦。如果是觀賞技術高超又很會聊的人，那真的很有趣，會讓人一直想看下去。」

「哦～那種實況影片？裡面你有特別喜歡看誰嗎？」

「有，是叫ＫＥＮ的人。那個人是前職業玩家，技術非常高超喔。」

「嗯嗯。」

因為白河同學聽得很認真，我不禁像啟動什麼開關似的滔滔不絕，說個不停。

「ＫＥＮ的厲害之處在於玩各種遊戲都很強喔。他明明是射擊遊戲的職業玩家，但建築類遊戲，或是狼人遊戲之類的遊戲也很厲害。」

「狼人……？」

白河同學看起來一頭霧水，於是我立刻進行解說。

「狼人遊戲就是一種找出偽裝成人躲在人類之中的狼人……騙子的遊戲。原本是桌遊，玩家一開始會隨機拿到卡片，卡面上寫著自己的職業……像是狼人、能探出狼人的占卜師、或普通村民之類的。如果當了狼人，必須隱瞞身分偽裝成普通村民。因為被認為是狼人的話就會遭到投票處死呢。然後呢，ＫＥＮ厲害的地方就是不依賴那款遊戲的解析理論或主流玩法。雖然還是有遵守遊戲系統的規則，不過除此之外他靠的是不受拘束的創造力，以自己的腦袋配合不同的情況使用最佳的思考方式，藉此在遊戲過程中說服別人喔。那是很不容易的事。實際親自玩過就會知道了，要做的事太多忙不過來，根本沒辦法注意到戰術。啊，所謂要做的事，如果當狼人就是說謊，那會有罪惡感，不太容易……」

這時我才突然回過神來，我又自顧自地講太多了。和珍奶店那時犯了一樣的錯。幸好至少我有想起當時的教訓，稍微早一點拉了煞車。

「啊，抱歉……妳應該聽不懂吧？」

「嗯～」

白河同學露出曖昧的笑容。

「人家想實際觀賞一下龍斗看的實況影片呢。那樣或許就能懂了。能讓人家看看嗎？」

「當……當然！」

於是我們離開寵物店，到館內休息用的長椅上看起ＫＥＮ的影片。

「哇，好厲害好厲害！開槍的是現在正在講話的人嗎？」

「對對。」

「命中率超高耶！這個遊戲好像很有趣喔！」

「實際玩過之後會發現沒那麼容易呢。」

「是嗎？看起來很簡單呀。」

「那是因為KEN太強了。」

「是這樣啊～！」

我一邊聊著，並在經過考慮後挑選幾個讓首次看的人也會覺得有趣的KEN影片，和白河同學一同觀賞。

之後，當我將白河同學送回家時。

「龍斗好博學喔！」

走在路上的白河同學突然這麼說道。

「剛才影片裡的人不是說了很多特殊用語嗎？你全都聽得懂吧？」

「嗯，不過……那不是很難的用語喔。『cheater』是指使用外掛……就是作弊的玩家。『ghosting』則是作弊行為的一種。」（註：進入與實況主同一場遊戲且專門攻擊該實況主的行為）

「哦……？不過那對人家太深奧了，龍斗真厲害呢。」

「謝謝。不過那是因為有興趣才記住的喔。白河同學不也是很熟悉時尚用語嗎？像是那種妳常常穿的肩膀鏤空衣服……」

「啊～『露肩裝』？」

「還有那種像果醬一樣黏稠的口紅……」

「你是說『染唇液』嗎？」

「對，就是那個。雖然我們去購物時妳有說明過，但我完全記不起來。應該是因為我對女性時尚用品沒興趣……我覺得即使是與人交往，也沒必要為了自己沒興趣的嗜好而迎合對方喔。」

「咦～？」

然而，白河同學不甘心地說：

「可是，龍斗不是配合了人家嗎？你對珍奶店的資料調查得比人家還詳細呢。」

「那是因為珍奶很好喝啊。如果不好喝，我就沒興趣做調查了。」

「但就是因為這樣，人家也想稍微配合你一點嘛。人家也想理解龍斗喜歡的東西。」

鼓起腮幫子這麼說著的白河同學讓我如少女般怦然心動。

「謝謝……」

竟然能讓那位白河同學說出這種話，我真的是全世界最幸福的人。

「妳有那種想法就夠了。只要白河同學和我一起看我喜歡的影片，我就很開心了。」

白河同學對上我的視線，跟著我一起露出了微笑。

「嗯……」

只是在白河同學回到家之前，她的臉上一直帶著些許無法釋懷的表情。

◇

第二天。

「龍斗～！」

當我一大早踏進教室時，已經到校的白河同學衝到我的面前。

「怎麼啦？」

「吶，你看了ＫＥＮ的『外遇系列』嗎？那個超有趣的耶！因為人家很在意後面的發展，一直看到三點呢～！」

「咦……」

ＫＥＮ是靠影片賺錢維生的全職YouTuber，他會為了分散風險而上傳各種類型的影片。白河同學所說的「外遇系列」，是一款蒐集行動可疑的女友外遇證據的視覺小說遊戲實況影片。那的確很有趣，我有段時間也看得很開心。

「那是有一段時間之前上傳的影片吧，真虧妳能找到呢。」

看到我驚訝地這麼說，白河同學露出得意的微笑。

「人家是從似乎看得懂的遊戲去找到的。很不容易耶～！ＫＥＮ拍太多影片了吧！」

「那是當然的，他每天都會上傳四五部影片。」

「唔哇～那簡直就是工作了！」

「是工作沒錯啊。」

我邊笑邊說，白河同學也明白什麼似的笑了。

「好好喔～！那種人生真不錯。人家也想當專門聊喜歡的化妝品的YouTuber呢。」

「如果是白河同學，感覺真的辦得到呢。」

「說是這麼說，搞不好觀看次數是零呢～」

「別擔心，我會看一千多次喔。」

「咦，你會看那麼多次喔，龍斗？」

望著笑嘻嘻的白河同學，我也開心了起來，胸口流過一股暖流。整個人感動到極點，淚水快要流出來了。

白河同學在ＫＥＮ的大量影片中找到自己中意的遊戲實況影片，迷上了它。由於「外遇系列」已經沒有新作品，白河同學的ＫＥＮ熱潮應該在幾天內就會結束吧。

即使如此，能像這樣獲得與白河同學討論ＫＥＮ的機會，讓我開心地有如置身夢境。

怎麼辦？

我一天比一天更喜歡白河同學了。
但與此同時，想要碰觸她的想法閃過了腦海，帶給我一陣苦悶。
我殷切地期盼著週末約會的到來。

◇

時間來到下一個星期日，我和白河同學前往動物園。
「咦～好猛！貓頭鷹的脖子好噁！不會斷掉嗎？」
看到入口附近的貓頭鷹脖子轉了超過一百八十度，白河同學一下子就變得很興奮。
「去看熊貓吧～！熊貓！唔哇～！人超多的耶！」
看著準備看熊貓的隊伍大呼小叫。
「……熊貓有點髒髒的呢～不過會不會太大隻了？原來不是小寶寶的樣子啊……」
發現實際的熊貓與想像不同，導致她的情緒有點降溫。
「哇～老虎好可愛～！吶，牠果然看起來很像貓吧？話說那個花紋超好看的耶！有點想穿那樣的連身裙呢～！」
她貼著孟加拉虎的籠子，述說獨特的感想。

「哎～早知道今天就穿動物花紋的衣服來了～！搞不好會讓牠們以為人家是同伴，可以打好關係喔～！如果現在是秋天人家就會穿了～」

並且遺憾地回顧自己的穿著。

今天白河同學的穿著與往常一樣充滿了強烈的辣妹風格。老樣子的露肩上衣，開了許多洞的牛仔短褲，肩帶垂得長長的合成皮雙肩背包。腳上穿的一樣是高跟鞋，不過因為牛仔褲與雙肩背包的搭配，整體印象轉向了休閒風格。這或許是她考量到動物園這樣的地點，以自己的方式做出的變化吧。

我們邊逛邊觀賞動物。一個多小時後，肚子漸漸餓了。

今天我們十一點的時候在A站集合，現在已經過了下午一點。由於週日的人很多，飲食區仍擠滿了吃午餐的客人。

「白河同學想吃什麼嗎？不過每個區域的餐點似乎都不一樣……」

當我提問時，白河同學發出「咦？」一聲，移開了眼神。

「嗯？」

當白河同學再次望向我，緊接著又垂下了眼睛。

「怎麼了嗎？妳還不餓？」

「不是……」

白河同學欲言又止地回答，似乎很難為情地縮著身體扭來扭去。這種不像她會有的反應讓我心中的問號越積越多。

「呃……要繼續看動物嗎？東園已經看得差不多了，去西園……」

「那個……你聽人家說喔！」

此時，白河同學才終於出聲。她的臉上帶著些許紅暈。

「唔，什麼事？」

當我一問，白河同學的臉就變得更紅了。她結結巴巴地開口：

「那個……人家很～猶豫該不該拿出來，但既然難得早起努力過了，就希望讓你稍微……一下。」

「咦？」

「就是呢！」

白河同學這麼說著，自暴自棄般拿下背上的背包，從裡頭取出某個東西。

「這個！人家做了便當！」

「咦……咦咦！」

我搞不清楚發生了什麼事。

便當？

白河同學做的？

我看著她遞出的東西，確實是便當盒。那個白色塑膠製的簡單盒子看起來太過樸素，不像是白河同學的東西。應該是她向家人借的吧。

「白河同學妳做了便當？」

由於我太過震驚，不禁大聲反問她。

「嗯……」

白河同學以細不可聞的聲音回答，低著頭漲紅了臉。

「因為龍斗提過蛋糕店打工的事，似乎很喜歡那種老套的東西……人家沒做過料理，本來心想還是算了……不過一想到龍斗會很開心……感覺就提起幹勁了。」

「白河同學……」

我仔細地注視著白河同學。

無論是微捲的金棕色長髮，或是留長的閃亮彩繪指甲，都與居家型女性的形象正好相反。看起來她應該也不太會做菜吧。

那樣的白河同學竟然為了我做便當……

幸福到這種地步，我反而開始感到害怕。

「不、不需要的話也沒關係喔。反正人家可以全部吃掉！」

因為我遲遲沒接過便當盒，讓白河同學哭喪著一張臉。臉頰仍紅潤的她眉毛垂成八字，準備收回便當盒。

「不，我要！謝謝妳，白河同學。」

我急忙這麼說，接過了便當盒。

由於我們不需要買午餐了，便選擇在最近的休息區吃便當。那是位於屋外但具備屋頂，還放著許多簡易桌椅的地方。

「真的不要期待太多喔……人家是第一次獨自做便當。」

雖然白河同學害羞地這麼說，卻造成了反效果。她越是那麼說，我的期待度就衝得越高。是說，不管是什麼樣的便當我都不會在意。

白河同學第一次親手做的便當……那些前男友誰也沒吃過的便當，如今我獲得了品嚐它的權利。

我心跳得太快，讓拿蓋子的手都在抖。

「我開動了……」

我鄭重地打開蓋子，正式與內容物見面。

便當的全貌就此揭開。

「哦哦……？」

那是蛋包飯。裡頭包著薄薄的黃色蛋皮，肯定沒錯。

只不過黃蛋皮有幾個地方破了，露出底下的紅色雞肉番茄炒飯，還有許多地方煎焦。當成配菜的青花菜與小番茄則是遭到歪掉的蛋包飯壓迫，痛苦地被擠到角落。

這個便當並不是像焦黑的可樂餅那樣一眼就知道很難吃，而是還不熟悉做菜的人手忙腳亂之下努力做出來，具有真實感又有點笨拙的便當。

白河同學的努力讓我對她的愛快突破天際了。

「咦，不會吧？歪得好嚴重！嗚～……剛做好的時候還比較正常耶。」

看到便當盒裡面的樣子，白河同學顯得很慌張。

「沒關係啦，我開動了。」

正當我這麼說著，拿起湯匙挖進蛋包飯時。

手機隨意地震動了兩次，我有些在意地從口袋裡掏出手機看了一下畫面。

妮可

便當吃完了嗎？

敢剩下來小心我揍你。

「噫……！」

是山名同學傳來的ＬＩＮＥ訊息。

「怎麼了嗎？」

看到我的表情僵硬，白河同學不經意地望向手機畫面。

「啊！這不是妮可嗎？」

她睜大眼睛，盯著畫面上彈出的視窗。

「妳對山名同學說了便當的事嗎？」

「應該說，人家請她今天早上狂打電話叫我起床。因為人家想既然要做便當，就一定得早起……但我爸爸在六日時會一直睡，奶奶也正在跟草裙舞的朋友旅行。」

「咦，沒有時鐘鬧鐘之類的嗎？」

「那種東西叫不醒人吧？人家只會馬上按掉後睡回去。如果拜託妮可，她就能一直打電話叫人家起床。」

「…………」

白河同學真的很厲害。如果是我，與其將別人牽扯進起床這種超級個人的事，我寧願像綁炸藥那樣在肚子上綁一圈鬧鐘後再睡。

「山名同學早上很容易起床嗎？」

「沒有～她昨天打工到很晚，還生氣地說『有夠麻煩～！我不管啦～！』。」

原來如此……以她那股怒氣，難怪會傳來這則LINE訊息。

「話說回來，原來你有妮可的LINE喔～」

白河同學眨著眼說道。

我心想——啊，跟之前一樣。

她露出有些悶悶不樂的神情，就如同她質問我為什麼在速食店與山名同學待在一起時那樣。

「是啊……是在詢問妳生日的那天，山名同學告訴我的。她說只要想問白河同學的事就可以LINE給她。她從那之後才開始傳訊息給我的喔。」

雖說越講就越像在找藉口，不過我想白河同學應該不會吃醋，所以解釋得有點不上不下。

「唔～這樣啊！」

果不其然，白河同學很快就恢復原來的樣子了。

本以為如此，她卻低下頭去喃喃自語。

「人家或許比自己想的更喜歡龍斗呢……」

「什麼？」

「沒有～沒事啦！」

於是我終於開始品嚐便當。

至於好不好吃這個重點，可以說味道並沒有危險到需要先做好心理準備。

「嗯，好吃！」

這道蛋包飯以在家製作的菜餚而言味道算是相當標準，即使我如此稱讚也不算說謊。

不過呢，就算這是把糖與鹽搞混那種程度的超難吃便當，對我來說仍有米其林三星餐廳的貴重程度。

畢竟這可是我愛慕的白河同學親手做的便當呢。

「真的嗎？太好了～！」

白河同學有如天真無邪的小孩子般感到開心。

「這是人家第一次做耶，人家搞不好是天才！以後去當餐廳主廚好了～」

「咦，不是當YouTuber嗎？」

「唔～想做的職業太多好煩惱喔～！」

今天的白河同學很常笑。她原本就是個性開朗的女孩。不過當我們兩人獨處時，她的笑容就比一開始更常見了。

是因為她比以前更喜歡我的關係嗎？

既然如此，稍微做點肢體接觸應該沒問題吧……？

每當我感覺白河同學可愛時就會想碰觸她，這點實在很傷腦筋。剛開始時明明只要和她在一起就很幸福，但我似乎在不知不覺間變得更貪心了。

◇

吃完午餐後，我們又花一小時四處觀賞動物，逛完一整圈才離開了動物園。

重頭戲終於來了。

今天最大的目的，「和白河同學一起坐船，趁她腳步不穩不小心將手伸過來時握住她的手」任務就此開始。

為了這個目的，必須先順利邀請白河同學坐船。

我壓抑著內心的躁動，和白河同學並肩走在動物園外的道路上。

動物園的西園鄰接上野公園的不忍池，只要步出門口就一定會走到池岸邊。

「好大的池塘喔～！」

白河同學望著池塘大聲說著。

「真的耶。」

今天天氣很好，即使現在是太陽逐漸西斜的午後兩點多，仍有許多人在搭船遊玩。看上去大多都是天鵝船，不過我已經事先確認過這裡有手划船。

「啊！」

這時，白河同學指向池塘的方向。

「有小船耶！感覺坐上去會很舒服～！」

「……要搭搭看嗎？」

她這球傳得太好，讓我緊張地稍微拉高聲調。

「嗯，要搭要搭～！」

白河同學興致高昂地連聲回答。她的眼中開心地閃著亮光。

「小學之後就沒搭過小船了！不知道人家划不划得動？」

「不用了，我來划就好。」

「咦，但是坐船的人要一起划吧？」

「那是獨木舟啦！」

「咦～！」

我一邊笑著白河同學的少根筋發言，一邊和她走向繫著成排小船的碼頭。

這裡的規定是先在售票機買票，再前往碼頭搭船。

「啊～不過划船好像會很熱耶。」

因為白河同學這麼說，我們就放棄一般的手划船，改買有頂蓬的腳踏船票券。那是裝有自行車踏板，以腳踩方式前進的腳踏式小船，可說是拿掉天鵝船首的天鵝船。

「可以坐三十分鐘嗎？很棒耶～！」

白河同學的語氣中充滿開心的情緒，在服務員的帶領下走向小船。

「小心腳下喔……」

她踩著目測鞋跟有十公分高的鞋子，準備坐上小船。

「哇……！」

她的腳步晃了一下。正當我認定現在就是機會，想要伸出手的時候——

「哇～！景色好漂亮喔！」

只見白河同學立刻恢復平衡，兩三下就順利坐進船裡。

「……嗯，是啊……」

這次失敗的原因恐怕是先讓白河同學上船。腳步不穩的人通常會將手伸向自己身體的前方，如果我先上船，或許就能自然地扶住她了。

「…………」

冷靜下來。下船時還有機會。

我對自己如此說著，保持了冷靜。

「怎麼了，龍斗？」

開始踩船後白河同學立即向我搭話，我則是疑惑地望著身旁。

「什麼怎麼了？」

小船很狹窄。當我在足以碰到彼此肩膀的近距離看到她那張超級美少女的容貌，心臟就跳得更快，渾身也冒出大汗。

我打算和這麼可愛的女孩牽手嗎？

……真的辦得到嗎？

但如果連牽手都被拒絕，往後她對我說「想做愛」的希望可說是非常渺茫了。

一想到這點，我就更緊張。

「人家看你好像在發呆。累了嗎？」

「咦，沒有啊……」

既然她覺得我很奇怪，那還是老實說吧。不過之後計劃和她牽手的事還是先保密。

「……看著白河同學時，感覺妳太可愛，一不小心就看呆……」

我強忍著害羞這麼說。白河同學則愣愣地看著我，臉頰隨即紅了起來。

「笨蛋。」

那副害羞地蹙眉的表情變得更加可愛，讓我心生拍成照片的念頭。

「啊！」

這時，白河同學從背包的口袋裡拿出手機。

「來拍張照吧～！」

「咦？嗯，好。」

我還以為自己的想法被聽到，心臟噗通地跳了一下。

辣妹一向給人喜歡瘋狂自拍的印象，不過白河同學沒那麼誇張。和她在一起時，她幾乎不自拍，所以在之前的約會中也就沒有拍過兩人在一起的照片。

「啊，感覺不錯喔～」

白河同學打開照相APP啟動前鏡頭，確認著拍攝角度。

「靠過來一點。」

白河同學邊說邊靠向我。從長長的捲髮輕輕飄來不知是花香還是果香的香氣，刺激著我的鼻腔。混合了比平時更成熟的香水味，營造出一種難以言喻的女性芬芳。

「喂，看鏡頭啦～！」

見到太過緊張眼睛飄錯方向的我，白河同學笑著這麼說。

「好，要拍嘍～」

這時，白河同學將頭輕倚在我的肩膀上。

「……！」

下一秒，她按下快門鍵。

「啊，看起來不錯喔！」

白河同學展示的畫面拍下了我因為驚訝過度而僵硬的表情。

「要把這張設成鎖定畫面嗎？」

白河同學抬眼望著我，促狹地笑著。

「呃……不，那就有點……太羞人了……」

我紅著臉語無倫次地說著，白河同學則是笑著說「也是呢～」。

「那就設成手機桌布吧。」

她說完就按下「設定」，快速地進行操作。

「啊，很好看吧？」

看到我們兩人的照片上排列著應用程式的圖示，害羞的感覺再次襲向了我。

「龍斗也設定一下吧？」

聽到她撒嬌般的這麼說，心臟怦怦跳的我回答「好」。當我將她用LINE傳來的圖片設成桌布並拿給她看以後，白河同學開心地笑了。

「呵呵，又多一樣相同的東西了呢。」

她的笑臉之所以耀眼奪目，應該不只是因為池塘水面反射了午後陽光的緣故。

在狹窄的小船中，我感受著距離比平時更為接近的白河同學……心中期盼著若是可以永遠待在這裡就好了。

◇

然而時間無情地流逝，三十分鐘一下就過去了。

我依依不捨地回到碼頭，停好小船。先下船的我等待白河同學起身下船的那一刻。

沒錯。

這次一定要牽到手。

「嘿咻！」

然而白河同學卻身輕如燕地站起身踏回陸地，腳步絲毫沒有不穩。

「…………」

下船與乘船相反，是從不穩定的地面踏上穩定地面的行為。只要平衡感夠好，或許就不需要他人的幫助。

計畫，失敗。

「坐船好開心呢！真舒服～」

「是啊……」

白河同學很愉快，而我卻有如敗戰之兵般情緒低落。

「接下來做什麼呢？」

「這個嘛……」

「回家？」

「唔……不是。」

時間還不到四點。不願放棄的我含糊地搖了搖頭。

雖然我很希望再划一次船，但也擔心這個要求會讓她感到奇怪。

「要不要稍微走一走？」

我想破頭後擠出的提議就是這個。

不知道是不是因為我的表情看起來太苦惱。

在那個瞬間，白河同學的表情變了。

「……好吧。」

那張端正臉蛋上的笑容消失，換上有些緊張的表情。

在那之後，我們默默地沿著池塘邊的道路走了一段時間。

我喜歡白河同學。

她應該也喜歡我。因為她對我是如此親密，還願意與我繼續交往下去。

不過，她還沒有對我說「想要做愛」。

一想到這裡，我的膽子就變小了。實在無法直接說出「我們牽手吧」這種話。

但是，我想碰觸她。

對我而言，對女孩子的「喜歡」等同於想碰觸對方的衝動。

然而白河同學的「喜歡」似乎並不一定是那樣。無法明白她的想法讓我很難過。

我不想傷害她，自己卻越來越難受。因為我喜歡她的心情越來越強烈。

即使如此，我也不想像她的前男友們一樣，成為一個讓她認為發生關係是「義務」的男友。

因此，我對肢體接觸非常慎重。

因為白河同學是很體貼對方的女孩。一旦察覺到我的欲望，她就會把自己的感覺放一邊，容許我做出任何事。

「……吶，龍斗。」

當我想著這些事的時候，身邊的白河同學突然停下腳步。

「嗯？」

白河同學以認真的眼神望向才剛回過神來的我。

「你想說什麼就說吧。」

「咦……」

她察覺到了我的不軌意圖嗎？

但是我也不能就這樣直接說出口……當我想到這裡時，白河同學帶著嚴肅的表情開口道：

「人家知道這是什麼狀況……每個人都是在約會到一半時，突然用這種態度提出的。」

「咦？」

她在說什麼——我皺起眉頭。接著，白河同學的表情多出一股悲痛的情緒。

「說真的，人家不想分手，想和龍斗變得更要好……人家喜歡你。人家很笨，可能沒有好好傳達給你……但是人家其實越來越喜歡你了喔。」

「咦，先等一下，妳在說什麼？」

看來我腦中想的東西與白河同學正在說的話是兩回事。我察覺到這點，制止她說下去。

「咦？」

白河同學愣住了。

「你不是想和人家分手嗎？」

「咦咦？才不是咧！」

我被指稱準備做出連自己也毫無印象的事，慌張到了極點。

「為、為什麼妳會這麼說……？」

「因為你看起來愁眉苦臉的，又不講話一直沒目的亂走。」

「咦？不，那是因為……」

這時，我突然想到她剛才說的話。

——人家知道這是什麼狀況……每個人都是在約會到一半時，突然用這種態度提出的。

啊，原來如此。

那些前男友過去都是用那種方式提分手啊。

遭到他人切斷關係是很痛苦的事呢。我只是被黑瀨同學拒絕告白，就受到足以造成心理創傷的衝擊。不過是告白沒有被接受，我就感覺彷彿整個人完全遭到否定。

但白河同學卻已經歷了好幾次比那種痛苦更難過的經驗……一度接受了自己，以心相許的對象突然推開自己的經驗。

她之所以先對我提出分手，或許是希望盡量在傷害還不深的時候就結束這件事……不想再次受傷的心情啟動了她的防衛本能。

「我一點都沒有打算和白河同學分手的意思喔。」

我與那些前男友不同。

我現在完全……無論在任何情況下都不會考慮那種事。

就算未來某一天這段戀情會結束。

那也絕對不會是由我主動提出。

「我現在在想的是……」

剛才那些迷惘與她所受過的傷相比簡直是微不足道的小問題。

「想要……再搭一次船。」

我的話讓白河同學愣住了。

「……咦，搭船？就只是這樣？」

「嗯，明明才剛搭過船，我怕提出來太奇怪了。」

我點了點頭，白河同學便恢復了笑容。

「你有那麼喜歡搭船嗎？真拿你沒辦法呢～那就再搭一次吧！的確很舒服呢～！」

看著那張天真無邪的笑容，我對她的愛再次泉湧而出。

……決定了。

改變作戰。

我不要再等白河同學伸出手。

而是鼓起勇氣，由我主動伸手。

我想碰觸妳。如果妳露出排斥的表情，那就乾脆地道歉，等待時機成熟。

這樣就好了。

當我們回到乘船區時，白河同學站在售票機前對我說：

「機會難得，這次要不要改坐一般的小船？」

「好啊，不過妳不擔心日曬嗎？」

「嗯，反正太陽比剛才更低了。」

於是我們買了手划船的票，前往碼頭。

手划船在構造上比剛才的天鵝船更不穩，讓人有點不放心。

先踏上船的我朝站在碼頭上的白河同學伸出了手。

「妳願意的話，請抓住我的手。」

我把僅有的一點勇氣全都擠光了，不敢看她的眼睛。

「…………」

隔了一拍，我不安地抬眼。

眼前所見的是白河同學臉上的驚訝與羞澀。

「咦，謝謝……」

白河同學戰戰兢兢地伸出白淨玉手，我的手掌便感受到一股輕柔濕潤的溫暖肌膚觸感。

當我輕輕握住她時，胸口變得越來越溫熱。

白河同學牽著我的手，踏上了小船。

「……你很溫柔嘛，龍斗。」

白河同學輕聲說著。也許是我想太多了，她的眼中似乎帶著水光。

可惜的是，兩人牽手的時間只有短短一瞬間。

我們一起放開了手，面對面坐進船裡。

雖然沉浸在初次的肢體接觸還沒過多久就得改握粗糙的船槳，但不開始划船就無法離開岸邊了。

我們划起船，彼此維持了一陣沉默。

那是一種令人感覺舒適的沉默。

公園的池畔綠意盎然，隔著樹能看到摩天大樓。池水混濁不見魚蹤，不過遠方能看到一群鴨子正在戲水。

我一邊眺望周遭的風景，一邊以滿足的心情划著船。

「……這種船果然還是比較好。」

過了一會兒，白河同學喃喃說道。

「嗯？」

我以眼神詢問她這句話的意義時，白河同學對我一笑。

「因為可以牽到龍斗的手。」

她的臉頰上微微泛著紅暈。

「呃……」

「人家最近一直想著，希望能和龍斗牽手。所以試著比平時靠得更近，你沒發現嗎？」

這麼一說讓我想起來了。一起回家時，她突然拉著我手臂。還有在天鵝船裡自拍時，她將頭靠在我的肩膀上。

那就是這種暗示啊。

「人家覺得可能不太好，所以沒有明說。人家明明還沒打算主動要求做愛卻想牽手。這很自私對吧？畢竟男生只要一開始摸就會想要做到最後吧？」

「咦，不，沒有……」

就算我是完完全全的處男，也不是牽個手就控制不住自己的性慾怪獸。白河同學這種對男性同時理解與誤解的感覺雖然可愛，卻也很危險。

心中湧出了必須守護她的使命感。

「……其實我也想和白河同學牽手。」

當我如實坦白，白河同學彈起了頭看著我。

「真？」

「嗯。」

我點了頭以後，她的臉上又點綴了一抹微笑。

「哦～這樣啊……」

那是彷彿有所企圖的微笑。

這時，她突然站起身。

「白河同學？危險……」

當我還搞不清楚狀況時，她半蹲著將手搭在小船邊緣，用力左右搖晃。

「咦？」

小船大幅搖擺，池面濺起的水花潑進了船裡。

「怎、怎麼了？這很危險快住手……」

就在此時。

白河同學迅速靠向我，那張可愛的臉蛋逼至眼前。
我連反應的時間都沒有，嘴唇就碰上了某個柔軟溫暖的物體。

我們接吻了。

在發現這個事實的那一刻，雙方的嘴唇已然分開。
「有機可趁！」
回到自己座位後，白河同學笑著這麼說。
「…………」
我忘了要繼續划船，整個人如失了魂般恍惚無神。
和白河同學接吻……
和白河同學接吻……
腦中只剩下這句話不斷徘徊。
只是牽手就已經是不得了的大事，沒想到竟然連接吻也做了。
我簡直不敢相信。
胸口一陣溫熱，腦中想的全都是白河同學。

啊，我真的好喜歡白河同學。

「……我們想的是同一件事吧？」

白河同學則是害羞地對這樣的我笑著。

「人家想要更接近龍斗，想要喜歡龍斗，想要和龍斗……」

她垂著眼說到這裡，再次抬頭望向我。

「一起成為『真正喜歡彼此』的人。」

聽到這句話，我這才豁然開朗。想起開始交往那天的對話。

白河同學竟然是這麼想的……

當我還沉浸於感慨之中時，白河同學雙手搧著紅通通的臉頰，看著我說：

「話說人家是第一次主動親別人耶。好害羞喔！」

那噘起來彷彿在生氣的嘴唇好可愛。

我們望著彼此，輕輕地笑了起來。

回到碼頭準備下船時，我再次向白河同學伸出了手。

「請。」

「謝謝。」

白河同學羞赧地牽起我的手。

當她回到碼頭上即將鬆開手之際，卻反而握緊了手。

「白、白河同學……？」

我的心臟噗通一跳，只見白河同學露出調皮的笑容。

「稍微再牽一下吧？」

「咦……嗯，好。」

於是我們牽著手開始在公園裡散步。

「話說喔，那個『白河同學』的稱呼差不多該改掉了吧？」

「咦？」

聽到這麼突然的提議，讓我望向白河同學。

「那麼，該怎麼叫……？」

接著，她露出有點不服氣的表情。

「人家的名字叫月愛耶。」

「啊……」

是、是這個意思啊……

「呃，這個，那就……」

由於我從來沒有用「某某同學」以外的稱呼叫過女孩子，為了做好心理準備花了不少時間。

沒想到我竟然會有用名字稱呼那位白河同學的一天，而且還是直乎其名。

「月、月月月……」

不妙，又來了。

我發生了與告白那時同樣的現象，慌張不已。

「月——月月……」

我絕對不是在叫狐狸。幸好白河同學一直等著我，沒有笑出來。（註：在日本綜藝節目「とんねるずのみなさんのおかげでした」中，有以「Lu～lululu」的喊聲呼喚狐狸的橋段。與月愛的讀音「Luna」第一個字相同）

「……月愛……」

我總算好好說出口了。第一次叫出了白河同學的名字。我卻有種明明是自己的聲音，但不像自己說出來的古怪感覺。

「什～麼事？」

白河同學刻意又誇張地彎下腰，揚起視線注視我的臉。

「呃，沒事。」

因為不是有事找她才喊名字，我愣了一下。

「妳、妳累不累？白河同學，要不要找個地方坐坐？」

「不用啦，剛剛才坐過船呢。」

「啊……」

對耶。

「話說你又叫回『白河同學』了。」

「啊，抱歉……！」

我還真沒用……

當我這麼想而垂頭喪氣的時候，白河同學呵呵一笑。

「沒關係喔，人家會等著，直到你能自然說出口的那一天。」

接著，彷彿要讓我安心似的握緊了我的手。

「白河同學……」

她實在是個很棒的女孩。

我真希望自己能早日成為配得上如此充滿魅力的女友的男人……

「……龍斗，你的手好冰喔。」

白河同學突然對大受感動的我這麼說。

「真假？抱、抱歉，我太緊張了……」

看到從剛才開始一直道歉的我，白河同學被逗笑了。

「沒關係啦，反正已經是夏天了。人家來幫你取暖。」

她說完後，臉頰微微泛紅，羞赧地笑了。

「感覺好害羞喔。」

我也紅著一張臉，不過白河同學似乎實在是害羞到受不了，急忙抬頭望向天空想要掩飾過去。

「啊……如果一開始就做了，一定就不會像這樣害羞了呢。」

她看著天空，如此自言自語。

「不管是牽手還是接吻，都讓人家感覺害羞得不得了。只要待在龍斗身邊，人家好像就越來越喜歡你了。」

然後，她望向了我。

「人家是第一次這樣呢。」

她帶著賭氣的表情，紅著臉這麼說：

「你能負起責任嗎？」

這種宛如求婚般的話令我怦然心動，我望著白河同學的眼神，生硬地點頭。

「若妳不嫌棄……我、我願意。」

說完，白河同學噗哧一笑。

「真是的～感覺真的好害羞呢。」

牽著的手，握得更緊了。

從池塘方向吹來的清爽微風帶來了提醒夏日腳步逐漸接近的黃昏空氣。

白河同學就在身旁。

我不會變成「前男友」。

我想要珍惜這個女孩。

我想一直守護這個笑容。

不再讓她露出悲傷的表情。

我懷抱這些想法，輕輕反握住那纖細的小手。

第五・五章　黑瀨海愛的祕密日記

好不甘心……輸給月愛了。

沒想到她竟然在跟加島龍斗交往。

她到底有什麼打算？目的是什麼？還是說，他雖然長那副德性，但其實是個好男人嗎？

……的確，當他聽我說話時，看起來可能有一點點帥氣。

像那樣對其他人說出家裡的事，在父母離婚後是第一次。

為什麼會和那傢伙說呢……這點連我自己也不明白。

更莫名其妙的是……從那之後我就一直想著加島龍斗。

這是第一次遇到能像那樣與我平起平坐，聽我說話的男生。

我的身邊都是一群只會露出蠢臉，痴痴地看著我假笑的男生。

明明在四年前，那傢伙也是那群男生其中之一。

那個男生說：「黑瀨同學最好多多磨練自己，成為一位遇到真正喜歡的男生時能夠受那個人所愛的女孩」。

但如果好像喜歡上了眼中已有其他女生的男生時，該怎麼辦才好？

而且那個「其他女生」，偏偏還是月愛……

對了。

只要搶過來就好了。

我還沒有原諒月愛。

雖然散布不實謠言的行為確實不對，我也向她道歉了。然而追根究柢……最可惡還是從我身邊奪走爸爸的那個女人。

我要從月愛身邊奪走加島龍斗。

我要讓她和我一樣品嚐到世上最重要之人被奪走的悲傷。

這就是我的復仇。

我真正的復仇從今天才開始。

敬請期待吧，月愛。

尾聲

約會結束的回家路上。在離開動物園，稍微於鬧區喝個茶後走向上野車站時。

「龍斗，你有帶ＯＫ繃嗎？」

白河同學問著我，我則是一臉疑惑地看著她。

「怎麼了嗎？」

白河同學隨後露出尷尬的表情開口說：

「腳很痛……腳跟的水泡好像破了。」

「咦，沒事吧？被鞋子磨破了？」

「嗯……這是人家今天第一次穿的鞋子。」

白河同學竟然為了和我約會而買新鞋……雖然我很開心，但也擔心她被磨破的腳。

「我去便利商店找ＯＫ繃，妳等一下喔。」

我一說完，就衝向剛才經過的便利商店。

「ＯＫ繃、ＯＫ繃……」

我印象中自己很少買過那種東西，只能根據自行判斷在可能會有的貨架上尋找。

「找到了。」

在陳列衛生用品的角落，我找到了熟悉的包裝盒。

當我伸手去拿時，不經意地看到排在那盒ＯＫ繃旁邊，具有相同大小但更有設計感的盒子。

這盒ＯＫ繃應該更適合白河同學——當我正想伸手過去時，卻突然愣住。

仔細一看，那是男性避孕用品……也就是所謂保險套的包裝盒。根據包裝盒上特別強調超薄的宣傳詞，一定是那種東西不會錯。

「找到了嗎～？」

旁邊突然傳來白河同學的聲音，我猛力地往後一退。

「呃，唔？妳……妳等在原地就好了嘛，腳不是很痛嗎？」

「也不是一步都走不動，還好啦～」

如此回答的白河同學望向剛才我手伸向的展示架，接著對我惡作劇般地一笑。

「啊～你看到這個對吧？」

白河同學指著剛才我差點拿起來的保險套盒子。

「你以為是ＯＫ繃吧？」

「不、不是！不是啦！」

「可是你剛剛正想拿起來對吧？」

被看到了……！

「那麼，你拿的時候把它當成什麼呢？」

「那、那是……」

雖然我的確是差點把它當成ＯＫ繃，然而至今沒機會接觸這種商品的我邊緣人性格發作，使我太過害羞以致於對白河同學說不出口。

看著語無倫次的我，白河同學忍不住笑出來。

「龍斗好可愛喔～臉紅通通的～！」

「……嗚嗚……」

我果然拿白河同學沒轍啊。

後記

大家好，我是長岡マキ子。

非常感謝各位拿起這本小說。

這次是標題稍微讓人有點心跳加速的戀愛喜劇。

沒想到原本是處女廚而開始寫男性輕小說的我竟然會寫起這種屬性的女主角……十年前的我聽到時想必會嚇一跳吧。

前作《在異世界接受蘿莉撒嬌有什麼不對嗎？（暫譯）》完結之後，與編輯針對新作方向討論了很久，最後決定在這次撰寫很久沒碰的正統校園愛情喜劇。不過既然要寫，我打算從全新的角度切入。在繼續討論很久後，不知不覺就變成這種女主角與男主角的故事。

學生時代，我硬要說算是龍斗那邊的人，所以是回憶著周遭的幾位同學……回憶那些花俏又有點成熟，猶如太陽般耀眼，令人憧憬的美少女們寫出白河同學。

在描寫這種類型的女主角時，我的心就像龍斗一樣有一點點掙扎。不過白河同學是一位非常可愛的女孩子，希望各位讀者也能喜愛她。

黑瀨同學也很可愛呢。話說我過去很少在主要故事中描寫這種少女漫畫角色般的女孩，寫起來非常愉快。真希望她在第二集多努力一點呢。她是一位很有發展空間的女孩，身為作者很期待她今後的成長。

我也很喜歡妮可。我所描寫的女性好友型角色往往都是為朋友著想又重情義的性格，或許是因為我的好友就是那種類型的人，無意識地將其投射到角色上了。雖然她本人連一本我寫的書也沒看過就是了……

撰寫龍斗的男性朋友們時也很開心。這次難得地讓很像朋友角色的男性角色登場，讓我感受到與男性朋友們打鬧的男生果然很有趣呢。

至於龍斗就是我，這就不需多加說明了……

我這次做了一個思想實驗。在當成自己是龍斗，撰寫與白河同學的戀愛的同時，如果幸運地能與憧憬的美女演員交往，即使知道對方不是第一次，我還會決定交往嗎？

絕對不可能放棄吧……

換言之，這個故事是那樣的故事。或許有讀者是因標題而對本作產生好奇，若是能讓讀過本書的你心生往後也會繼續關注龍斗與白河同學戀情的想法，那將是我的榮幸。

負責繪製插畫的ｍａｇａｋｏ老師，感謝您畫出這麼多漂亮可愛的插畫！每次責編寄來檔案時，我都會因為圖片太漂亮而獨自歡呼起來。

從大綱階段開始與我詳細進行討論的鈴木前責編，非常感謝您的照顧。這三年來辛苦您了。還有新任的松林責編，我已經受到您很多的照顧，一直很感謝您細心工作的態度。往後還請多多指教！

接下來，我要向擅自被我當成ＫＥＮ參考對象的Ｋ●Ｎ偷偷獻上感謝與敬愛。

最後，我要向拿起本書的各位讀者獻上最大的感謝。

期盼我們能在第二集相見！

二〇二〇年八月　長岡マキ子

國家圖書館出版品預行編目資料

位於戀愛光譜極端的我們/長岡マキ子作；Shaunten
譯. -- 初版. -- 臺北市：臺灣角川股份有限公司,
2021.09-
冊；　公分. -- (Kadokawa fantasticn novels)
譯自：経験済みなキミと、経験ゼロなオレが、
お付き合いする話。
ISBN 978-986-524-771-3(第1冊：平裝)

861.57　　110011735

Kadokawa
Fantastic
Novels

位於戀愛光譜極端的我們 1

（原著名：経験済みなキミと、経験ゼロなオレが、お付き合いする話。1）

2021年9月16日 初版第1刷發行
2023年10月16日 初版第5刷發行

作　　者：長岡マキ子
插　　畫：magako
譯　　者：Shaunten

發 行 人：岩崎剛人
總 編 輯：蔡佩芬
編　　輯：彭曉凡
美術設計：黃永漢
印　　務：李明修（主任）、張加恩（主任）、張凱棋

發 行 所：台灣角川股份有限公司
地　　址：104台北市中山區松江路223號3樓
電　　話：（02）2515-3000
傳　　真：（02）2515-0033
網　　址：www.kadokawa.com.tw
劃撥帳戶：台灣角川股份有限公司
劃撥帳號：19487412
法律顧問：有澤法律事務所
製　　版：尚騰印刷事業有限公司
ＩＳＢＮ：978-986-524-771-3